# Wenn der Tod dich überrascht

CARMEN YVONNE KOBSCH

# Wenn der Tod dich überrascht

In nur einer Minute verändert sich dein ganzes Leben

TWENTYSIX – Der Self-Publishing-Verlag
Eine Kooperation zwischen der Verlagsgruppe Random House und BoD –
Books on Demand

© 2017 Kobsch, Carmen Yvonne
Grafik: Marina Zezelina/Shutterstock.com
Herstellung und Verlag:
BoD – Books on Demand, Norderstedt

ISBN: 978-3-7407-3475-6

# Inhalt

# Log Line

In der für mich persönlich glücklichsten Lebensphase starb völlig unerwartet mein Vater – leider außerdem zu einem Zeitpunkt, an dem ich mich sehr von meinen Eltern distanziert hatte und wir große Meinungsverschiedenheiten hatten. Plötzlich hatte ich mit Trauer, Schuld und einem schlechten Gewissen zu kämpfen.

# 1. Alles auf Anfang

Es ist Sonntag, der 23.08.2015, 10:35 Uhr. Ich stehe leise auf, Christian schläft noch. Wir waren gestern auf einer Hochzeit und sind erst heute Morgen ins Bett gekommen. Ich werde ihn um 12:00 Uhr wecken.

Es ist ein wunderschöner sonniger Tag. Ich gehe ins Arbeitszimmer, um die Fenster zu öffnen. Mein Handy lege ich – völlig sicher – auf der Ablage ab. Als ich das erste Fenster öffnen will, höre ich einen Knall. Erschrocken überlege ich, was das war. Dann fällt mein Blick auf den Boden und ich fahre zusammen: Mein geliebtes iPhone liegt dort. Es ist total kaputt. Auf dem Display sind viele schwarz-graue Balken zu sehen und oben rechts ist kein Glas mehr, ich kann ins Innere des Handys schauen. Oje, denke ich, musste das jetzt sein? Am nächsten Tag soll Lea, meine Nichte, zu uns kommen. Ich schreibe meiner Schwester mit dem Handy meines Mannes eine Nachricht, dass mein Handy kaputt sei und falls etwas Wichtiges wäre, ich nur über das Handy meines Mannes erreichbar bin.

Okay, das wäre erledigt. Nun noch Christian erklären, dass er mein Smartphone doch nicht bekommen kann. Im Januar wären unsere Verträge ausgelaufen und ich hätte das neue iPhone genommen und Christian hätte meines bekommen. Nun jedenfalls nicht mehr. Ich beschließe, das iPhone trotzdem noch überprüfen zu lassen.

Christian ist enttäuscht, als er von meinem Missgeschick erfährt. Er hatte sich so auf das Handy gefreut, optisch gefällt ihm das iPhone 5S am besten.

Es ist, wie gesagt, ein wunderschöner Tag und wir gehen ins Schwimmbad und genießen entspannt den letzten Tag der Woche. Es ist sehr heiß und es sind Hitzegewitter angekündigt. Wir vertreiben uns die Zeit mit Mau-Mau-Spielen und

Sonnen und genießen einfach das Nichtstun. Am Abend essen wir in unserem Lieblingsrestaurant im Glottertal. Es schmeckt dort einfach immer perfekt und der Service ist außerordentlich freundlich und zuvorkommend.

Ich habe alles, was ich mir je gewünscht habe. Ein ausgefülltes glückliches Leben. Ich bin im Reinen mit mir und meinem Leben. Nach vielen Jahren Kampf und einer langen Reise bin ich nun bei mir angekommen. Ich habe mich selbst gefunden und weiß endlich, wer und was ich bin. Ich hatte viele Hochs und Tiefs in meinem Leben. Es waren ein paar sehr tiefe Tiefs darunter, doch auch die habe ich überstanden. All das hat mich zu der gemacht, die ich heute bin. Ich habe verstanden, dass ich sein kann, wer ich will. Dass ich ein Recht darauf habe, mein Leben zu leben, wie ich es möchte. Ich darf selbst entscheiden, was gut für mich ist. Durch meinen Mann habe ich gelernt, das Leben zu leben. Zu arbeiten, um leben zu können, anstatt zu leben, um zu arbeiten. Ich habe mich viele Jahre nur über meinen Job definiert und nur dafür gelebt, doch wirklich glücklich war ich nie. Mein Mann hat mich inspiriert und das Beste in mir geweckt, nämlich mich selbst. Er ist der erste Mensch, der mich so nimmt, wie ich bin, der mich nicht erziehen will. Dafür bin ich sehr glücklich und dankbar. Ich habe noch nie einen Menschen so sehr geliebt wie ihn. Und andersherum ist es genauso. Es war bei uns Liebe auf den ersten Blick. Wir wussten beide sofort, dass wir Partner fürs Leben sind.

Ja, es war eine lange, steinige Reise bis heute. Beruflich habe ich meine Erfüllung noch nicht gefunden. Ich bin noch auf der Suche nach meinem Herzensjob. Doch privat bin ich im absoluten Glück angekommen.

Nach diesem glücklichen und ausgeglichenen Sonntag kann die neue Woche kommen.

Es ist Montagmorgen, der 24.08.2015. Wenn ich gewusst hätte, was heute auf mich zukommt, wäre ich bestimmt nicht aufgestanden. Aber ich weiß es nicht. Und ich stehe wie immer mit meinem Mann auf, richte seine Vesperbrote und verabschiede ihn. Anschließend gehe ich ins Bad und richte mich – Lea kommt gleich. Mein Schwager klingelt, ich bin leicht aufgeregt. Wir sind erst vor einer Woche aus dem gemeinsamen Urlaub zurückgekehrt und die letzten zwei Tage des Urlaubes waren nicht so schön. Es gab Meinungsverschiedenheiten, die Verabschiedung war nicht so erfreulich und harmonisch. Nun bin ich gespannt, was passiert. Ich öffne ihm die Tür. Wir begrüßen uns und wechseln noch ein paar Worte, wir sagen beide nichts zu den Spannungen und schon ist er wieder weg.

Ich freue mich sehr, Lea zu sehen, ich drücke und küsse sie zur Begrüßung. Ich mache Müsli und Tee für mich und heiße Schokolade für Lea. Wir setzen uns an den Esstisch und frühstücken. Lea hat schon zu Hause gegessen, doch sie isst auch etwas von meinem Müsli. Es ist nicht nur gesund, sondern auch lecker. Wir malen und genießen gemeinsam die Zeit.

Es ist 8:30 Uhr, als die Wohnungstür aufgeht und mein Mann heimkommt. Ich stehe auf und laufe ihm entgegen. Lea bleibt sitzen und ruft: »Hallo, Chrissy!« Ich bin verwundert und verstehe nicht, warum er jetzt nach Hause kommt. Kurz mache ich mir Sorgen, ob er sich verletzt hat, doch ich erkenne nichts. Erleichtert sehe ich ihn an – doch sein Blick verrät, dass etwas Schlimmes passiert ist. Ich kann es förmlich spüren. Ich weiß, dass ich gleich etwas Furchtbares hören werde, aber ich hätte nie im Leben an das gedacht, was nun auf mich einschlägt.

Christian nimmt meine Hand, führt mich ins Schlafzimmer und legt mich aufs Bett. Er legt sich sanft zu mir, streichelt mein Gesicht und schaut mich mit viel Liebe und Mitgefühl an. Der Blick in seinen Augen macht mir Angst. Dann sagt mein Mann vorsichtig: »Es tut mir so leid, aber ich muss dir sagen, dass dein Vater heute Morgen verstorben ist.«

Oh mein Gott, da ist der Schlag, er trifft mich so hart, dass mir der Atem wegbleibt. Ich kann nicht denken, kann nichts steuern, alles passiert automatisch. Mir laufen die Tränen über das Gesicht und ich bekomme keine Luft, ich habe das Gefühl zu ersticken. Ich schiebe meinen Mann von mir fort, er will mich halten und beruhigen, doch im ersten Moment kann ich diese Nähe nicht zulassen. Ich will nichts fühlen, denn solange ich nichts fühle, bleibt der Verlust irreal. Ich öffne die Balkontür und gehe raus und schreie laut auf. Es ist mir egal, ob mich jemand hört oder sieht. Ich bin am Boden und versuche die Fassung zurückzubekommen. Der erste richtige Gedanke ist der an meine Mutter. Sie war mit meinem Vater in den Urlaub gefahren. Meine arme Mutter ist hunderte Kilometer entfernt im Urlaub und jetzt allein. Mein Vater ist tot. Wie in einer Endlosschleife wiederholen sich diese Gedanken in meinem Kopf: Mein Vater ist tot! Ich kann es kaum glauben. Und meine Mutter ist nun alleine in einem fremden Land. Musste sie den Tod meines Vaters mitansehen? Sie tut mir so furchtbar leid. Die nächsten Minuten erlebe ich wie in Trance. Okay, denken, streng dich an, was tun wir jetzt? Meine Mutter anrufen, genau das sollte ich jetzt tun.

Das erste Gespräch mit meiner Mutter, sie ist hilflos und überwältigt und so überfordert mit der Situation wie ich auch. Sie war ganz allein und konnte die erste Stunde nach seinem Tod niemand erreichen. Ich erzähle ihr, dass mein Handy kaputt sei und ich nicht ans Telefon gehen könne.

Nun heißt es für sie: stark sein, zusammenreißen und durch die Situation gehen. Es tut mir unendlich leid für sie, dass sie den Tod meines Vaters miterleben musste, so weit weg von allem Vertrauten, ganz alleine. Ich frage sie, wie es passiert ist. Ich will alles haargenau wissen. Warum starb er und vor allen

Dingen wie. Mein Vater war seit eineinhalb Jahren an Prostatakrebs erkrankt, doch dachte von uns keiner im Entferntesten daran, dass er plötzlich sterben könnte. Meine Mutter wachte morgens auf, er bekam schwer Luft, sie reagierte sofort, rannte runter an den Empfang und holte Hilfe. Es war 6:00 Uhr morgens und der Chef reagierte sensationell, er und der Koch haben sofort den Notarzt angerufen und mit Reanimieren begonnen. Meine Mutter wusste gar nicht, wie die Nummer vom Notruf in Österreich ist. Doch sie konnten nichts mehr für ihn tun. Im Nachhinein wurde meiner Mutter erst bewusst, dass er das gar nicht wollte, reanimiert werden.

Ich kann es kaum glauben und verstehen erst recht nicht. Ich sage ihr, dass ich jetzt meine Schwester anrufe und mich dann wieder bei ihr melden würde.

Das Telefongespräch mit meiner Schwester – ich bin aufgeregt und nervös. Dann bin ich erleichtert, denn sie sagt ebenfalls nichts zu unseren Meinungsverschiedenheiten im Urlaub. Vielleicht ist es gerade auch unpassend, aber wir sind wie in einem Schockzustand und nicht ganz zurechnungsfähig. Wir reden über die Möglichkeiten, alles bestens und schnellstens zu erledigen. Nach Österreich fahren, Mama holen, Auto holen, Fahrrad holen …

Meine Schwester bittet mich, Lea nichts zu sagen, das möchten sie selber gerne machen. Es folgt der nächste Schock: Lea ist ja noch bei uns! Für einen kurzen Moment hatte ich das ganz vergessen. Jetzt heißt es: noch mehr zusammenreißen und sich nichts anmerken lassen. Meine Schwester und mein Schwager kommen erst um 14:00 Uhr. Meine Schwester und mein Schwager müssen im Geschäft noch alles regeln, bevor beide ihren Arbeitsplatz verlassen können. Wie überstehe ich die nächsten fünf Stunden, ohne meiner Trauer freien Lauf lassen zu dürfen? Natürlich verstehe ich, dass meine Schwester und ihr Mann es Lea selber sagen möchten, doch wer versetzt sich in meine Lage? Sie natürlich nicht. Mal wieder muss ich für meine Familie Dinge tun, die ich nicht tun will. Immer muss ich in solchen Situationen sein, in denen ich nicht ich selbst sein darf.

Für mich ist die Situation kaum erträglich. Gott sei Dank ist mein Handy kaputtgegangen, sodass mich niemand erreichen konnte und mein Mann nach Hause kommen musste, um es mir zu sagen. Nun bin ich glücklich, dass mein Handy kaputtging, sonst hätte ich alleine, nur mit Lea im Haus, von dem Tod meines Vaters erfahren. Schon bei dem Gedanken daran wird mir schlecht. Ich bin so dankbar, dass mein Mann an meiner Seite ist und mich unterstützt und mich stärkt.

Natürlich habe ich meine Gefühle nicht unter Kontrolle. Mir laufen die Tränen über die Wangen und Lea fragt mich, was mit mir los sei und warum ich so traurig wäre. Ich antworte nur, dass ich heute einen schlechten Tag habe und meine Gefühle Achterbahn fahren würden. Lea ist wirklich ein Traumkind, ich liebe sie über alles.

Den Schmerz und die Gefühle nicht leben zu dürfen, ist in diesem Moment die größte Strafe. Ein Weg, meinem Schmerz Luft zu machen, ist ein Post auf meinem Facebook-Account. Es hilft mir ein bisschen und ich kann etwas Druck ablassen. Wir spielen dann und versuchen die Zeit bis 14:00 Uhr zu überstehen. Es gelingt uns einigermaßen. Immer wieder telefoniere ich mit meiner Mutter, um ihr das Gefühl zu geben, dass sie nicht alleine ist. Auch mit meiner Schwester telefoniere ich immer wieder, um auf dem neuesten Stand zu sein. Alles ist klar. Meine Schwester und mein Schwager kommen zu uns. Lea sollte eigentlich drei Tage bei uns bleiben, doch aufgrund der neuen Situation sollte sie bei ihren Eltern sein. Mein Mann packt heimlich ihre Sachen zusammen und verstaut sie im Auto. Lea fällt auf, dass ihre Sachen weg sind und sie will wissen, warum. Mein Mann lenkt sie gekonnt ab, ohne sie anzuschwindeln. Ich bin ihm so dankbar, ohne ihn würde ich das nicht schaffen. Alles im Leben hat seinen Sinn – als mein Handy kaputtging, ahnte ich den Segen, der darin steckte, noch nicht. Dieses kleine Detail hätte die gesamte Situation für mich verändert. Ich mag gar nicht dran denken, was passiert wäre, wenn ich am Telefon von dem Tod meines Vaters erfahren hätte.

Endlich ist es 14:00 Uhr. Ich bin meganervös und sehr aufgewühlt. Meine Schwester und mein Schwager klingeln. Ich öffne die Tür und sie kommen hoch. Lea ist verwundert, die Stimmen ihrer Eltern zu hören. Sie läuft gleich zu meiner Schwester und fragt: »Wer ist gestorben?«

Wahnsinn, dieses Mädchen hat so ein Feingefühl. Ich bin fasziniert von ihrer Sensibilität und ihrer Klarheit. Als meine Schwester sagt, der Opa wäre gestorben, weint Lea los. Sie weint so sehr und jammert immer wieder: »Nein, nein, nicht der Opa.« Sie hatte ein gutes Verhältnis zu ihrem Opa und er hat Lea über alles auf der Welt geliebt. Es bricht mir das Herz, Lea so leiden zu sehen. Doch zum ersten Mal heute darf ich meinen Gefühlen freien Lauf lassen. Auch mir laufen ungehemmt die Tränen über das Gesicht und ich kann mich kaum halten. Ich kann es immer noch nicht fassen, dass ich meinen Dad nie wiedersehe. Meinen Mann die ganze Zeit an meiner Seite zu haben, ist unbegreiflich schön. Ich kann nicht annähernd in Worte fassen, wie sehr mir seine Anwesenheit hilft.

Okay, Gedanken sammeln auf dem Balkon, frische Luft hilft immer. Eine rauchen – seit Wochen hatte ich das Bedürfnis, eine Zigarette zu rauchen, doch bin ich diesem Wunsch nicht nachgekommen. Heute verspüre ich wieder so einen Drang. Doch wieder siegt der Verstand. Schließlich bin ich schon fünfeinhalb Jahre Nichtraucherin. Wir stehen also alle auf dem Balkon, reden, weinen und versuchen zu kapieren, was da passiert ist. Wir versuchen Lea zu beruhigen, was uns leider nicht gelingt. Sie weint laut und schluchzt. Es tut mir so leid, dass sie so früh mit dem Tod Erfahrung machen muss.

Unser sensibler Vermieter hat nichts Besseres zu tun, als von unten hochzuquäken. Er will wissen, wie der Urlaub war und wohin wir verreist waren. Sein typisches FBI-Frage-Antwort-Spiel, wie immer. Ich antworte darauf schon lange nicht mehr. Ich mag weder ihn noch seine Art. Und warum soll ich meine Energie an so jemanden verschwenden? Ich sehe das als unnötig an. Dieser Vermieter hat so viel Feingefühl, Respekt und Bewusstsein, wie Toastbrot keinen guten Nährwert hat! Ich wäre am liebsten bereits nach drei Monaten wieder ausgezogen, ich fühle mich ständig beobachtet in diesem Haus, doch mein Mann war dagegen. Seine Argumente waren plausibel: Wer weiß, was im nächsten Haus ist, vielleicht ein ebenso nerviger Mensch oder ein anderes Terrorkind.

Nachdem die ersten Tränen getrocknet sind und wir den ersten Schock überwunden haben, fahren wir zu meiner Schwester nach Hause. Sie und Lea bleiben dort und mein Schwager, mein Mann und ich fahren nach Österreich, um meine Mutter abzuholen. Die Autofahrt kommt mir vor wie meine ganz persönliche Folterfahrt, die nicht aufzuhören scheint. Ich bin immer noch in einer Schockstarre. Während der Autofahrt sage ich Dinge zu meinem Schwager, die ich besser nicht gesagt hätte. Hier möchte ich mich an dieser Stelle nochmals bei ihm entschuldigen. Es tut mir leid, ich war unter Schock. Es sprudelt einfach aus mir heraus, ich kann es selber nicht begreifen.

Endlich sind wir da, angekommen, nach einer langen Fahrt. Es ist schon sehr spät. Wir gehen zum Empfang und bei dem Gedanken, die Dame am Empfang anzusprechen, laufen schon wieder die Tränen. Immer wenn ich denke, jetzt sind alle Tränen geweint, geht es wieder los und die Tränen fließen ungehindert über mein Gesicht. Ich sage der Dame, dass wir zu meiner Mutter möchten. Sie spricht uns ihr Beileid aus, liebevoll und freundlich, gibt uns einen Zimmerschlüssel und erklärt uns dann den Weg zu Mamas Zimmer.

Wir schließen das Zimmer auf und meine Mutter bricht direkt zusammen. Als sie uns sieht, überrollen sie Trauer und Tränen. Ich kann es immer noch nicht glauben, dass mein Vater wirklich tot ist und ich nicht mehr mit ihm reden kann. Ich wollte ihm noch so viel sagen und mich entschuldigen. Vor allem wollte ich ihm sagen, dass ich ihn doch so liebe. Ich versuche meine Mutter zu trösten und sage ihr, wie leid mir das alles täte. Es ist kaum zu glauben, dass mein Vater an diesem frühen Morgen in diesem Bett starb! Es ist und bleibt einfach schrecklich.

Wir gehen ins Restaurant hinunter und bestellen uns etwas zu essen. Doch schon beim Gedanken daran, glaube ich keinen Bissen herunterzukriegen. Aber als das Essen dann kommt, geht es doch. Und um ehrlich zu sein, tut es sogar gut, etwas zu essen, habe ich doch seit dem Frühstück nichts mehr gegessen. Chef und Chefin des Hotels laden uns ein, ihre Gäste zu sein. Sie wollen auch, dass wir über Nacht bleiben und uns ausruhen, damit wir morgen ausgeruht losfahren und nicht jetzt, in die Nacht hinein.

Wir danken ihnen für das Angebot, aber möchten lieber gleich wieder aufbrechen. Wir wollen es hinter uns bringen. Nun erlassen sie uns alles! Was für liebevolle Menschen. Meine Mutter muss nichts bezahlen, weder für das Essen noch für die Übernachtungen. Nichts, einfach nichts muss sie bezahlen. Meine Eltern waren schon drei Nächte in diesem Hotel zu Gast und hatten gut getrunken und gegessen. Doch die Chefin sagt zu meiner Mutter, sie hätte schon genug Leid und solle deshalb nichts bezahlen. So liebevolle, rührende Gastronomen habe ich selten kennengelernt. Wir sind ja auch alle vom Fach, meine ganze Familie ist in der Gastronomie tätig. Und diese Gastleute hatten sich schon so liebevoll um meine Mutter gekümmert, als wir noch nicht da waren. An das Hotel Regina in Sölden: Vielen lieben Dank für alles, was Sie uns Gutes an diesem schrecklichen Tag getan haben. Tausend Dank! Ich bin noch immer überwältigt von so viel Herzlichkeit und Nächstenliebe.

Wir verstauen alles Gepäck im Auto. Das Fahrrad meines Vaters haben wir aus der Garage geholt und finden es schwierig, es in sein Auto zu laden. Er hat es sonst immer selbst getan und es hat so einfach ausgesehen. Jetzt können wir ihn nicht mehr fragen, was der Trick war. Wo bist du nur, Dad? Warum kannst du nicht hier sein und uns helfen? Nun wird mir auch klar, dass er alle meine Fragen, die ich noch haben werde, nie beantworten wird. Schon wieder rollen meine Tränen.

Mein Vater hat immer ein Fahrrad in den Urlaub mitgenommen, am liebsten fuhr er sein Carbon-Rad, das er auch jetzt dabeihatte. Meine Eltern hatten in Sölden Urlaub gemacht, damit sich mein Vater auf den Ötztal Marathon vorbereiten konnte. Er hatte sich so sehr darauf gefreut, den Marathon nochmals fahren zu dürfen, denn es gibt eine Warteliste und nach fünf Jahren wollte er nochmals dabei sein. Natürlich hatte er schon viel vor dem Urlaub trainiert. Er war wieder richtig fit. Das Fahrradfahren war seine Therapie und sein persönlicher Ausgleich. Er liebte es genauso sehr, wie er es liebte, Auto zu fahren. Beim Fahren fühlte er sich frei. Er hat immer sehr schnelle Autos gefahren. Diesen Geschwindigkeitsrausch auf der Autobahn zu spüren, das war auch seins. Das habe ich wohl von ihm vererbt bekommen, auch ich liebe schnelle Autos und diese auch auszufahren. Wir saßen oft im Auto und fuhren kurz auf die Autobahn, nur um Gas zu geben. Es konnte uns nicht schnell genug sein. Natürlich hatte er sein Auto im Griff und fuhr sehr sicher. Dazu hörten wir am liebsten laut Musik, meistens seine Lieblingsband.

Mein Vater war nicht der Mensch der großen Gefühle. Er

hatte es leider nie als Kind gelernt, Gefühle zuzulassen und sie zu leben. Das wurde mir aber erst viel später klar, als Kind hatte ich leider noch kein so feines Gespür. Jedenfalls hat er uns mit seinem Lieblingslied von Kiss »I was made for lovin' you« seine Liebe gestanden, das war seine Art, uns zu sagen, was er für uns empfindet. Das wurde mir ebenfalls erst viel später klar. Aber ich habe ihm vertraut, auch beim Motorradfahren. Er hat erst sehr spät den Führerschein gemacht. Damals arbeitete ich in Hamburg. Als er seine neue Maschine hatte, eine 1000 Honda Fireblade, offen natürlich, fuhr er zu mir hoch. Wir machten uns drei schöne Tage und kurvten durch die Gegend. Wenn ich das jetzt hier so niederschreibe, kommen so viele schöne Erinnerungen und Momente hoch. Wir hatten schon sehr schöne Zeiten.

Wir waren so einige Rennen gefahren. Er hatte einen Audi S2 Sport Coupé, getunt bei MTM in Ingolstadt. Diese Maschine fuhr über 300 km/h. Auf der Autobahn konnten wir so einige Porsche- und Mercedesfahrer abhängen. Meine Mutter und ich haben diesen Audi vor Kurzem in Freiburg stehen sehen und waren total geschockt: Was für eine Proll-Schleuder dieses Auto heute ist, aber damals war es megahip. Mittlerweile liegen über 20 Jahre dazwischen und das Auto hat leider meinen Dad überlebt. Da ist er wieder, der Stich ins Herz.

Nun gut, zurück zur Rückfahrt. Mein Schwager fährt mit seinem Auto und mein Mann fährt das Auto meines Vaters. Ich liebe es, ihn in diesem Auto zu sehen. Natürlich wäre ein anderer Umstand schöner gewesen. Das Auto, ein Sport Coupé, steht meinem Mann sehr gut und er fährt es auch sehr gerne. Auch mein Mann liebt schnelle Autos und fährt gerne schnell. Ich sitze neben meinem Mann und gebe unser Ziel ins Navi ein, meine Mutter sitzt hinten und nun starten wir nach Hause. Mein Schwager fährt hinter uns her.

Mein Mann fährt zu schnell, welch Wunder, und die Österreicher blitzen uns tatsächlich bergab in einer Zone 70. Absolute Abzocke! Bergab muss man doch ständig auf der Bremse stehen, damit man nicht zu schnell wird. Mein Schwager wird auch geblitzt, was ihn sicher ärgert, denn er ist sehr vorbildlich und fährt normalerweise nur, was erlaubt ist. Ja, mein Schwager ist ein sehr korrekter Mensch. Bei diesem Gedanken huscht mir ein Lächeln übers Gesicht. Es ist das erste Lächeln nach Vaters Tod. Ich bin erleichtert und zugleich verdutzt. Darf ich das jetzt schon, so kurz nach seinem Tod, wieder lächeln? Es fühlt sich komisch an. Eigentlich denke ich, dass ich nie wieder Spaß haben kann und dann rutscht da ganz automatisch ein Lächeln über meine Lippen. Ich fühle mich in der nächsten Zeit noch ein paar Mal wie eine Verräterin, weil ich lächeln kann, obwohl mein Dad tot ist.

Die Fahrt ist trotz allem okay und die Zeit verfliegt schnell. Meine Mom schläft immer wieder zwischen Schluchzen und Weinen ein und wir hören ein vertrautes Schnarchen. Es ist 3:00 morgens, als wir bei meiner Schwester auf den Parkplatz fahren. Wir verabschieden uns und verabreden uns für den nächsten Morgen bzw. heute früh. Meine Mom schläft bei meiner Schwester und wir fahren heim. Ich bin todmüde. Ich hatte mich die gesamte Fahrt über wachgehalten, um meinem Mann beizustehen.

Wir gehen schlafen und mein Mann schläft schnell ein, Gott sei Dank, in ein paar Stunden darf er arbeiten gehen. Ich schlafe nicht ein, alles dreht sich in meinem Kopf, die Gedanken überschlagen sich. Wenig später steht Christian auf und richtet sich, um zur Arbeit zu gehen. Unüblicherweise lege ich mich noch einmal für ein Stündchen hin, bevor ich zu meiner Mom fahre. Ich weiß nicht, ob ich überhaupt geschlafen habe, jedenfalls bin ich noch immer sehr müde. Ich habe ja kein Handy und somit auch keinen Wecker, aber an Schlaf ist eh nicht wirklich zu denken. Doch irgendwann habe ich mich dann doch in den Schlaf geweint – und verschlafe infolgedessen. Es hat jedoch sehr gutgetan, etwas Ruhe zu bekommen. Gleichzeitig habe ich ein schlechtes Gewissen, weil ich zu spät bin und den anderen nicht einmal mitteilen kann, dass alles gut ist und ich nur verschlafen habe. Ich kenne doch meine Mutter, die macht sich gleich Sorgen, und nun sowieso.

Also schnell ins Bad und dann ins Auto. Bei meiner Mom angekommen erkläre ich die Situation und meine Mutter sagt, ich solle erst einmal das Handy meines Vaters nehmen, damit ich erreichbar wäre. Gesagt, getan, doch es ist seltsam, sein Handy zu benutzen. Dadurch wird mir wieder klar, dass es endgültig ist und er nicht mehr zurückkommt.

Meine Mutter, meine Schwester und ich sitzen im Esszimmer meiner Eltern und wir besprechen die Dinge, die zu tun sind. Wir hatten noch nie so einen Fall, mussten noch nie eine Beerdigung planen und organisieren. An was Hinterbliebene alles denken müssen, was sie alles machen müssen – wir haben keine Ahnung. Meine Schwester und meine Mutter planen und organisieren alles. Ich habe die nächsten zwei Tage die Aufgabe, die Familienmitglieder, mit denen wir noch Kontakt haben, zu informieren. Es sind nicht mehr viele, so ist die Liste recht klein. Die Liste der engsten Freunde ist länger. Meiner Mutter ist es wichtig, dass alle, die uns nahestehen, die Nachricht persönlich von uns erfahren und nicht aus der Zeitung. Wobei einige es noch nicht einmal aus der Zeitung erfahren hätten, da sie in anderen Teilen Deutschlands leben.

Das ist nach dem Tod meines Vaters meine schlimmste Aufgabe. Ich rufe alle an und wer rechnet schon mit so etwas? Ich berichte jedem, was passiert ist, und beantworte die Fragen. Sehr oft habe ich dann das Gefühl, trösten zu müssen, denn natürlich sind alle geschockt und traurig. Ich unterdrücke meine Gefühle, um dem anderen am Telefon nicht noch mehr Kummer zu machen. Ich empfinde dies als die persönlich schlimmste Aufgabe in meinem bisherigen Leben. Es kostet mich sehr viel Kraft, alles jedes Mal aufs Neue zu erzählen. Die ersten Tage nach dem Tod meines Vaters sind eigenartig. Ich fühle mich wie in Trance, wie in einer anderen Welt. Ich warte darauf, dass ich aufwache und alles wieder normal ist. Doch was ist schon wirklich normal? Ich bin in einem Schockzustand und funktioniere einfach. Plötzlich, genauso unerwartet wie sein Tod, zwingt mich mein schlechtes Gewissen in die Knie. Ich fühle große Schmerzen, die ich kaum ertragen kann. Ich weiß nicht, wie ich mit dieser Schuld leben soll. Meine Selbstvorwürfe sind endlos. In seinem letzten Moment hatte ich mein größtes Hoch und Glück. Ich war nicht für ihn da. Das bricht mir mein Herz. Ich hatte eine Woche, bevor er starb, zwei Telefonate mit meinem Dad, die nicht so erfreulich waren. Wir hatten Meinungsverschiedenheiten und mein Vater war wieder einmal absolut nicht neutral, sondern verteidigte meine Schwester, die ich kritisiert hatte. Ich warf ihm ein paar unschöne Dinge an den Kopf – ich hatte ja keine Ahnung, dass ich nie wieder mit ihm darüber reden können würde.

Bevor mein Vater starb, war ich sauer auf ihn und auch enttäuscht, dass er sich nicht auf meine Seite gestellt, sondern Partei für meine Schwester ergriffen hatte. Ich hatte den Eindruck, dass er immer auf ihrer Seite steht. Ich hasste es, dass mein Vater so stur ist, doch nun erkenne ich, dass ich es ebenfalls war.

Die letzten eineinhalb Jahre seines Lebens waren wir nicht besonders eng miteinander verbunden. Wir hatten uns voneinander distanziert. Mein Vater hatte andere Vorstellungen von vielen Dingen und es fiel ihm schwer, meine Vorstellungen zu respektieren. Wobei es ihm grundsätzlich schwerfiel, etwas anderes gelten zu lassen als seine Meinung. Mein Mann und ich heirateten standesamtlich in Miami und kirchlich im Glottertal, doch im kleinen Kreis und nur mit einem Empfang bei uns zu Hause. Das konnten und wollten meine Eltern nicht akzeptieren, besonders mein Dad nicht. Sie konnten sich damit nicht identifizieren und wünschten sich eine große Hochzeit. Meine Eltern waren ihr ganzes Leben Gastronomen und hofften auf eine angemessene Feier im Colombi Hotel in Freiburg. Es gab sehr viel Streit und Ärger deswegen, mein Vater redete wochenlang nicht mit mir. Natürlich war er sauer auf mich, und ich war auch nicht immer sehr fair und sagte das eine oder andere falsche Wort. Mein Vater und ich sind uns sehr ähnlich, ich habe viel von ihm, nicht nur sein Aussehen, sondern auch sein Verhalten. Und wenn sich zwei sehr ähnlich sind, knallt es halt auch mal. Ich bin nicht perfekt, wie jeder Mensch, und habe sicher meinen Teil zum Streit beigetragen.

Mein Mann unterstützte mich damals, er half mir, standhaft bei meiner Meinung zu bleiben. Ohne ihn an meiner Seite wäre ich weich geworden und hätte mal wieder meinen Eltern zuliebe etwas getan, was ich nicht zu 100 Prozent will. So wie ich es schon viele Male zuvor getan hatte. Ich habe jahrelang nach den Vorstellungen meiner Eltern gelebt. Dabei war ich nicht immer wirklich glücklich und zufrieden gewesen. Ich habe es manchmal um des lieben Friedens willen getan bzw. um die Anerkennung meiner Eltern zu bekommen. Ich möchte meine Eltern hier nicht als böse darstellen. Eltern versuchen auch nur alles richtig zu machen. Sie möchten ihre Kinder in eine Richtung lenken, die aus ihrer Sicht die richtige ist. Eltern möchten ihre Kinder immer vor Fehlern beschützen, aber jeder muss seinen Weg selber gehen und dabei eigene Fehler machen. Denn Fehler bringen uns letztendlich die nötige Stärke und Erfahrung fürs Leben.

Heute lebe ich nach meinen Vorstellungen und stehe zu mir. Ich vertrete mein Leben und meine Einstellung. Ich bin im Reinen mit mir und dafür bin ich unendlich dankbar. Ich liebe mich und mein Leben. Ich habe Frieden geschlossen mit mir.

Mein Mann trägt sicher seinen kleinen Teil dazu bei. Er ist das Beste, was mir in meinem Leben passiert ist. Er hat mich zu einem besseren Menschen gemacht und mir neue Wege gezeigt. Ich sage ihm jeden Tag, dass ich ihn liebe und sehr dankbar dafür bin, dass er in meinem Leben ist.

Wie gesagt, das Verhältnis zwischen meinem Vater und mir war das letzte Jahr distanziert. Das hat mir sehr leidgetan und es fiel mir so manches Mal sehr schwer, standhaft mein neues Leben zu vertreten. Zumal mein Vater in dieser Zeit erneut eine Krebsdiagnose bekam und wieder gegen den Krebs kämpfte. Es war für uns beide eine sehr schwierige Zeit, doch keiner konnte so wirklich über seinen Schatten springen und die Sache zwischen uns ein für alle Mal klären.

An unserem 1. Hochzeitstag machten mein Mann und ich eine Grillparty. Es gab viel zu essen und es war ein wunderschöner, entspannter Tag. Ich habe es sehr genossen, meine Eltern um mich zu haben. Meine Eltern und Christians Eltern blieben bis zum Schluss. Mein Vater war ganz anders, so entspannt, sanft und ruhig. So hatte ich ihn schon lange, nein, noch nie erlebt. Meiner Schwiegermutter fiel es auch auf. Sie sagte es mir gleich, als wir uns das nächste Mal trafen, wie sich doch mein Vater verändert hätte.

Ja, er wirkte innerlich ruhig, als hätte er Frieden geschlossen, vielleicht auch etwas demütig dem Leben gegenüber. Ich hatte ihn, kurz bevor meine Eltern gingen, einfach in den Arm genommen und ganz fest an mich gedrückt und ihm gesagt, dass ich ihn doch arg lieben würde. Er war genauso gerührt wie ich und sagte: »Ich dich doch auch!« Das hat so gutgetan.

Wenn ich das heute schreibe, bekomme ich eine Gänsehaut und bin dankbar für den Moment. Ja, ich habe meinen Vater schon sehr geliebt und ich tue es heute noch. Dieser Moment an diesem Abend war für mich ein schönes Erlebnis und ich behalte ihn als eine letzte Berührung mit meinem Vater in meinen Erinnerungen. Ich streiche die letzten Gespräche und behalte nur das Gute in meinen Gedanken. Nur das ist es, was für mich zählt, das Gute bleibt.

Es ist der 26.08.2015, mein Vater ist schon zwei Tage tot und ich begreife es immer noch nicht. Heute Mittag haben wir mit dem Bestattungsinstitut einen Termin zur Besprechung der Beerdigung. Sie regeln für uns alles Förmliche, was eine große Erleichterung ist. Der Chef des Bestattungsinstituts ist ein guter Bekannter meines Vaters, außerdem war er ein gern gesehener Gast. Das macht das Ganze für uns einfacher. Wir fühlen uns wohl, weil wir ihn kennen und eine Vertrautheit da ist. Er kommt zu meiner Schwester nach Hause. Das gibt uns noch ein besseres Gefühl. Wir besprechen die Details. Es ist trotz allem ein guter Abschluss. Dennoch ist es auch sehr emotional. Wir fühlen uns bestens beraten und gut aufgehoben. Der Chef teilt uns mit, dass mein Vater morgen ankäme und sie zunächst prüfen müssten, ob wir ihn nochmals sehen dürfen. Da mein Dad in Österreich verstarb, wäre es ganz normal, dass eine Obduktion durchgeführt wird. Der Sarg wurde verplombt und nach Deutschland verschickt. Wir verabschieden uns und der Bestatter sagt noch einmal, dass er uns morgen früh den Stand der Dinge mitteilen würde.

Kaum ist die Tür zu, gibt es Diskussionen. Die Gemüter kochen hoch. In so einer extremen Situation reagiert wohl jeder etwas überempfindlich. Meine Schwester und ich sind sehr verschieden und manchmal fehlt es an Respekt der anderen gegenüber. In den letzten fünf oder sechs Jahren habe ich mich extrem verändert und eine andere Einstellung zum Leben bekommen. Es bleibt jedoch so eine Familienangewohnheit, den anderen ändern zu wollen und ihm seine Meinung aufzudrücken. Ich musste es auch erst lernen, andere so sein zu lassen, wie sie sind. Ich kann andere Menschen nicht ändern, dazu habe ich auch kein Recht, nur mich selbst kann und darf ich ändern. Aufgrund des Streits gehe ich und nun muss ich einen eigenen Kranz bestellen. Mit meiner Schwester will ich auf gar keinen Fall einen teilen! Es ist mir egal, was der Kranz kostet, schließlich ist es das Letzte, was ich für meinen Vater kaufen werde, und das sollte besonders schön und liebevoll sein. Der Kranz ist mir jeden Cent wert.

Kaum zu Hause fahren mein Mann und ich in die hiesige Gärtnerei und bestellen dort einen Kranz. Schon beim Hineingehen laufen wieder die Tränen. Ich denke mir: Eigentlich kann doch gar nichts mehr kommen, so viel habe ich geweint in den letzten Tagen. Es tut weh genug, aber ich muss immer wieder aufs Neue darüber reden und somit kommt der Schmerz auch immer wieder. Ich sage der netten Verkäuferin, dass wir einen Kranz für eine Beerdigung bräuchten. Sie spricht uns ihr Beileid aus und gibt uns ein Buch mit verschiedenen Mustern. Uns gefällt sofort ein Kranz rundum mit Blumen. Er sieht schön und lebensfroh und lebendig aus – Sonnenblumen, Nelken – die Lieblingsblume meines Vaters –, Rosen und so manch andere Blume, deren Namen ich nicht kenne, sind darauf. Es ist der perfekte Kranz für meinen Vater, hinzu kommt die Botschaft: »In Liebe, Deine Carmen und Christian«.

Am Donnerstag ist mein Vater also da und wir erfahren, dass wir ihn sehen dürfen. Gott sei Dank, ich brauche das, um zu verstehen, dass er wirklich tot ist. Mein Hirn braucht den Beweis.

Wir holen meine Mom ab und fahren zum Bestattungsinstitut. Meine Mom, mein Mann und ich sehen ihn zuerst. Mein Dad sieht gut aus. Er hat seinen neuen Anzug an, den er sich für meine Hochzeit gekauft hatte. Schon wieder verliere ich die Fassung und mir laufen die Tränen in Strömen übers Gesicht. Als ich ihn sehe, bricht mir das Herz, es tut mir so leid. Wie gern hätte ich ihm nochmals gesagt, wie leid mir alles tut. Auch jetzt beim Schreiben überfällt es mich und die Tränen laufen über meine Wangen. Aber es ist auch ein befreiendes Gefühl, alles aufzuschreiben.

Er sieht aus, als würde er schlafen. Als hätte er ein Lächeln auf den Lippen. Am liebsten würde ich ihn kneifen und sagen: Mach bitte deine Augen auf. Von mir aus sei, wie du bist, nur bitte sei bei uns.

Für meine Mutter ist es natürlich besonders schwer. Sie kann es immer noch nicht begreifen, dass er wirklich tot ist. Obwohl wir wussten, dass er schwer krank war, kam der Tod für uns überraschend. Es ist immer noch ein gewaltiger Schock.

Ich besuche ihn jeden Tag. Ich bin wie besessen davon, zu ihm zu gehen in der Hoffnung, er öffnet doch wieder die Augen und alles ist beim Alten.

Es ist Montag, der 31.08.2015. Heute ist mein Vater schon eine Woche tot. Es ist immer noch unbegreiflich für mich. Heute wird der Sarg geschlossen, morgen ist die Beerdigung. Es graut mir vor dem heutigen und morgigen Tag! Meine Mutter, Schwester, Nichte und ich stehen am Sarg meines Vaters. Wir verabschieden uns das letzte Mal von ihm. Jeder von uns legt etwas Persönliches zu ihm in den Sarg. Ich muss mitansehen, wie der Sarg geschlossen wird. Ich brauche solche Momente als Beweis, dass er wirklich tot ist und ich nicht träume. Meine Mutter bricht zusammen und wir versuchen sie zu trösten, was uns aber nur schlecht gelingt.

Es ist der 01.09.2015. Ich bin wie gelähmt. Heute ist die Beerdigung. Wir fahren zur Einsegnungshalle und begrüßen die Gäste. Es ist wie ein Film, der an mir vorüberzieht. Stellenweise hänge ich total und weiß gar nicht, was ich hier mache. Alle sind schon drinnen, nur mein Mann und ich stehen noch draußen. Ich will da nicht rein, ich will es nicht wahrhaben. Dies ist mein schwerster Gang nach dem Tod meines Vaters. Ich habe das Gefühl zu ersticken. Wieder habe ich meinen Mann an meiner Seite. Wieder bin ich so dankbar, ihn zu haben. Ohne ihn würde ich das nicht schaffen, so denke ich. Ich will nicht rein. Ich will das nicht sehen und erleben. Letztendlich gehen wir doch rein, mein Mann gibt mir die Kraft. Oh Gott, als ich diesen Sarg sehe, ist es wieder aus und vorbei. Ich lasse meinen Gefühlen und Tränen freien Lauf. Es ist jetzt so endgültig. Ich sehe meinen Vater nie wieder. Ich habe meinen Dad verloren. Ich werde nie wieder seine Stimme und sein Lachen hören.

Meine Mutter sitzt vorne in der ersten Reihe, es ist nur noch ein Stuhl neben ihr frei. Sie sagt: »Komm, setz dich.« Doch ich setze mich mit meinem Mann hinter sie. Ich will unbedingt neben meinem Mann sitzen, ich brauche ihn jetzt mehr denn je. Auf die Idee, noch einen Stuhl neben sie zu stellen, damit mein Mann und ich Platz haben, komme ich gar nicht.

Dann beginnt die Musik, es ist ein Lieblingslied meines Vaters. Es zerreißt mich. Ich weine laut, schluchze und kann mich nicht halten. Ich denke, ich schaffe das nicht. Auch mein Mann kann mich nicht beruhigen. Meine Mutter dreht sich um und sagt doch tatsächlich zu mir: »Nicht so laut!« Daran erinnert sie sich aber Tage später nicht mehr, als ich sie darauf anspreche.

Mir ist alles egal. Ich lasse meinen Emotionen freien Lauf. Der Pfarrer beginnt mit seiner Rede. Es ist eine sehr schöne Ansprache. Dann kommt meine Nichte. Wahnsinn – sie ist doch erst neun Jahre alt. Doch schon am Tag nach dem Tod von ihrem geliebten Opa hat sie gesagt, sie würde für ihren Opa eine Rede halten. Sie ist wirklich ein außergewöhnlicher Mensch. Sie beeindruckt mich sehr, ist einfühlsam, liebevoll, kümmert sich um andere, hat ein tolles Sozialverhalten – und ist sehr reif für ihr Alter. Ich liebe dieses Kind über alles. Mein Mann auch. Lea muss man einfach lieben.

Sie steht also da vorne und hält ihre Rede wie eine Große. Ihr Papa steht hinter ihr, um ihr Kraft zu geben. Ich bin so stolz auf sie. Sie sagt, ihr Opa wäre der beste Opa der Welt gewesen. Oh, liebe Lea, der Opa hat dich so sehr geliebt. Er hat alles für seine Lea getan. Er hat so manches ertragen, um Zeit mit ihr zu verbringen.

Nun bin ich dran. Ich gehe schweren Herzens nach vorne und mein Mann stellt sich hinter mich. Ich beginne zu reden und ich denke, mein Vater wäre stolz auf mich gewesen. Sein Lieblingslied von Kiss ist vorher gelaufen. Ich sage, dass mein Vater kein Mensch der großen Gefühle war, doch das Lied wäre seine persönliche Liebeserklärung für uns gewesen. Ich schließe die Rede mit: »Ich liebe dich und nun hast du deinen wohlverdienten Frieden. Du hast genug gekämpft.«

Der Rest der Beerdigung geht an mir vorüber, ohne dass ich etwas wahrnehme. Es ist wieder so, als würde ich neben mir stehen, reglos und betäubt, als wäre ich kein Teil von alldem.

Nach der Beerdigung treffen sich alle noch zu Kaffee und Häppchen. Es sind viele ehemalige Mitarbeiter gekommen. Es ist schön zu sehen, dass sie meinem Vater die letzte Ehre erweisen. Trotz der Trauer erzählen wir von alten Geschichten und erinnern uns an die gemeinsame Zeit.

Nun ist das auch vorüber und es fällt etwas Druck ab. Vielleicht finde ich irgendwie und irgendwann wieder in meinen Alltag zurück. Ich bin zurzeit krankgeschrieben, gesundheitlich geht es mir gerade nicht besonders gut. Deshalb habe ich sehr viel Zeit für meine Mutter. Es schleicht sich in meinen Alltag, dass wir täglich telefonieren und uns auch täglich sehen, mit wenigen Ausnahmen. Ich habe so viel Mitgefühl für sie und kann gar nicht anders, als für sie da zu sein. Ich gebe mehr, als ich am Anfang dachte geben zu können. Ich kann nicht anders, mein Herz sagt mir, ich muss jetzt für sie da sein. Sie klammert sich schon sehr an mich. Sie hat den wichtigsten Menschen in ihrem Leben verloren. Mein Vater war alles für sie. Sie haben Jahrzehnte gemeinsam gelebt und gearbeitet, das schweißt zusammen und verbindet. Wenn dann so ein wichtiger Mensch stirbt, bricht eine Welt zusammen. Mein Vater war der Manager ihrer beider Leben und sie musste sich um nichts kümmern. So ist es schon verständlich, dass sie mit der neuen Situation überfordert ist. Nun ist dieser Mensch nicht mehr und alles bricht zusammen. Da sind Häuser, um die sie sich kümmern muss und, und, und. Anfangs stürze ich mich voll und ganz in die Rolle meines Vaters und kümmere mich um meine Mom. Vor lauter schlechtem Gewissen versuche ich etwas wiedergutzumachen, indem ich jeden Tag für sie da bin.

Mit der Geburt ist klar, dass wir sterben. Doch bereitet uns keiner auf diese Situation vor. Es ist schwer, den Verlust eines geliebten Menschen zu verkraften, sich diesem Schmerz zu stellen, ihn nicht zu verdrängen. Ich habe das Gefühl zu fallen und keinen Boden unter meinen Füßen zu finden. All das ist schon schwer genug, aber hinzu kommt noch mein schlechtes Gewissen. Wie soll ich damit umgehen in dieser doch so perfekten Welt? Wo ich doch nicht perfekt bin und dieser perfekten Welt nicht entspreche.

## 2. Dem Tod ins Auge blicken

Ein paar Tage nach dem Tod meines Vaters bin ich wieder einmal bei meiner Mutter. Sie erzählt mir, dass sein bester Freund ihr Dinge berichtet hätte, die sie sehr berührt haben und die teilweise für sie neu waren. Er hat ihr erzählt, dass er schon viel früher wusste, dass es wohl schlimm um ihn steht. Mein Vater wusste, dass er sterben wird, davon bin ich überzeugt! Ich erinnere mich an ein Telefonat vor dem Urlaub meiner Eltern. Es war am Montag, genau eine Woche vor seinem Tod. Ich rief an, wir waren zwei Tage zuvor aus dem Urlaub gekommen. Meine Schwester, ihr Mann und ihre Tochter, mein Mann und ich waren in Dänemark im Urlaub gewesen. Ich rief also an, um zu sagen, dass wir wieder da seien. Ich bedankte mich nochmals für die Nacht und das Abendessen in Kopenhagen und erzählte, wie schön es dort gewesen war. Mein Vater hatte uns eine Nacht mit Abendessen in Kopenhagen geschenkt. An seinem letzten Geburtstag waren wir wie üblich alle bei ihm gewesen. Wir hatten erzählt, dass wir Anfang August zusammen nach Dänemark in den Urlaub fahren. Mein Vater fand, das sei eine tolle Idee, und meinte, wir müssten unbedingt eine Nacht in Kopenhagen verbringen, am Hafen Meeresfrüchte essen und in den Tivoli-Park gehen. Er ließ nicht locker, er wollte unbedingt, dass wir das erleben. Er erzählte, dass er vor vielen Jahren dort gewesen wäre und so viele schöne Erinnerungen hätte, wir müssten deshalb Kopenhagen bei Nacht und den Tivoli-Park sehen. Als wir nicht drauf eingingen, sagte er, er würde das für uns bezahlen, eine Nacht und ein Abendessen. Erst waren wir nicht so begeistert, mein Vater hat so seine Art, seinen Kopf durchzusetzen, und er mochte es gerne, wenn wir taten, was er wollte. Mein Mann hat ihn verstanden und wusste, dass er uns nur eine Freude machen wollte. Auch er hatte sich verändert, doch wir haben das nicht wirklich wahrgenommen. Er wollte uns nur eine Freude machen und uns nicht dazu zwingen. Wir Kinder und mein Schwager kannten ihn viel länger und dachten nur, es ginge ihm wieder darum, seinen Kopf durchzusetzen. Deshalb empfanden wir es als Druck. Aber mein Vater wollte uns nicht seinen Willen aufzwängen, wie so oft, sondern uns tatsächlich nur eine Freude machen und uns dieses Erlebnis schenken.

Als wir nach der Feier gingen, sagte mein Mann, dass mein Vater uns doch nur etwas Gutes tun wolle, wir aber so negativ und gereizt reagiert hätten. Letztlich hat er uns überzeugt und wir buchten eine Nacht in Kopenhagen und hatten zwei sehr schöne Tage. Heute bin ich sehr dankbar dafür, dass wir dieses Geschenk angenommen haben, denn es war sein letztes Geschenk an uns. Ich schickte meinem Vater per E-Mail Fotos von uns beim Essen und im Tivoli-Park und er hat sich sehr darüber gefreut.

Zurück zu unserem Telefonat. Ich erzählte also ausführlich vom Urlaub. Mein Vater sagte zu mir, ich solle am 31.08.2015 zu seinem Anwalt kommen und etwas unterschreiben. Es ging um eine Erbsache. Der Vater meiner Mutter war Anfang des Jahres gestorben. Sie nahm ihr Erbe nicht an und klagte ihren Pflichtteil ein. Dadurch würden wir Kinder ins Testament eingetragen. Der Anwalt meiner Eltern riet ihnen nun nicht nur Mamas Pflichtteil einzuklagen, sondern auch den von uns Kindern. Wir waren damit einverstanden. Ich war doch sehr überrascht, dass er nun darauf verzichtet. Er argumentierte, er wolle nicht klagen, er hätte sich geeinigt und er bräuchte dafür unsere Unterschrift. Wir stünden auch im Testament und nun müssten wir unterschreiben, dass wir verzichten. Ein paar Wochen zuvor hatte sein Anwalt gesagt, dass wir unseren Pflichtteil und den meiner Mutter einklagen würden. Warum sollten wir der Familie meiner Mutter etwas schenken, wir hatten sowieso seit Jahren keinen Kontakt, also würde ein Erbstreit es nicht schlimmer machen. Ich fragte meinen Vater, warum er seine Meinung geändert hätte. Seine Antwort: »Ich habe keine Zeit mehr!«

Ich war total baff und fragte, was er damit meinen würde. Er plapperte los, sagte, dass er keine Lust mehr habe zu streiten. Es sei unnötig, weshalb sie sich geeinigt hätten. Dann hätten er und die Mama wieder ihren Frieden. Im Nachhinein deute ich diesen Satz als ein Zeichen dafür, dass er wusste, dass er bald sterben wird. Aber wahrscheinlich wusste er nicht, dass es doch so schnell gehen würde. Und nun erinnere ich mich auch an weitere Sätze von meinem Dad, die Ähnliches andeuteten.

Doch nun zurück zu seinem Freund. Er erzählte, dass mein Vater keine Kraft mehr gehabt hätte und dass er Angst hatte, am 9. September zur Untersuchung zu gehen. Er hatte einen Termin zur Kontrolle des Prostatakrebses. Ja, davor hatte er Angst. Er ahnte wohl, dass da was ist, und er hatte gesagt, er wolle nicht mehr. In den letzten zwei Jahren hätte er so viele Operationen erleben müssen, dass er nun nicht mehr wolle. Mein Vater hatte seinen Kampf aufgegeben.

Wenn man hört, dass der eigene Vater vor seinem Haus im Auto seines Freundes weint und sagt, er könne nicht mehr, ist das schon hart. Emotional bin ich überfordert damit, mein Vater war nach außen immer der Starke und oft sehr hart, zu hart. Das bringt mich ins Straucheln. Mein Vater hat nie groß über Gefühle gesprochen und Schwächen zugegeben, das kam für ihn nicht infrage.

Es hat mir wirklich sehr wehgetan, das zu erfahren, und ich habe viel Mitgefühl für ihn. Nur leider kann ich es ihm nun nicht mehr zeigen. Es bricht mir erneut das Herz. Wie soll ich mit diesen Selbstvorwürfen leben? Ich bin überwältigt von meinen Gefühlen, dem Schmerz und dem Gefühl, versagt zu haben. Ich habe meinem Vater jahrelang vorgeworfen, zu hart zu sein, doch nun muss ich erkennen, dass ich selbst viel zu hart war. Ich hätte es so viel besser machen können. Doch hinterher weiß man ja alles besser.

Mein Vater hat meiner Mutter erst circa vier Wochen vor seinem Tod erzählt, wie es um ihn steht, was gerade bei ihm los ist, und von dem Termin im September wusste er schon seit Monaten. Sein bester Freund hatte ihn gedrängt, es ihr zu sagen, denn es wäre ihr gutes Recht, alles zu erfahren. Aber mein Vater hatte ihm erklärt, dass er es nicht könne und er mehr Zeit bräuchte, um alles zu regeln. Doch mein Dad erzählte es ihr und somit hatte er fast keine Zeit mehr für sich. Was ihn wieder zum Weinen brachte und dazu, seinem Freund erneut sein Leid zu klagen, dass sie ihn nun so sehr einenge und er keine Zeit für sich hätte. Sie würde sich an ihn klammern. Ich kann sie verstehen.

Ich bin so dankbar, dass sein Freund in diesem Ausmaß für ihn da war, wo wir es zum richtigen Zeitpunkt leider nicht konnten. Danke, Michael.

Dass mir meine Mutter all das erzählt, trifft mich besonders schlimm. Mein Vater und ich hatten eigentlich eine enge Bindung und konnten normalerweise über alles reden. So manches Mal stritten wir auch wie die Raben und »hassten« uns (nicht wirklich), aber wir waren immer füreinander da. Außer in seinem wichtigsten Lebensabschnitt, da war ich nicht für ihn da. Ich habe ihn im Stich gelassen. Ich habe ein so großes schlechtes Gewissen. So gern wäre ich ihm eine Stütze gewesen. Aber es war auch seine Entscheidung, diesen Weg fast alleine zu gehen. Er hat es wie so oft mit sich selbst ausgemacht. Ich hätte ihm so gerne zugehört und vielleicht hätte ich ihm mal einen Rat geben können. Oder ich wäre einfach nur für ihn da gewesen.

Ich weiß noch, wie oft ich ihn gefragt habe, woher ich weiß, dass es Liebe ist. Ich war mir immer so unsicher, was meine

Gefühle angeht, und ich wusste nicht wirklich, was tiefe Liebe ist, bevor ich meinen Mann kennenlernte. Wir haben viel über dieses Thema geredet, denn natürlich war in den Augen meines Vaters keiner meiner Freunde »der Richtige«. Er sagte immer wieder: »Du weißt es in dem Moment, in dem er vor dir steht. Es gibt kein Überlegen. Es gibt keine Zweifel, du weißt einfach, das ist er.« Meine Beziehungen vor meinem Mann waren einfach Kopfsache, ich entschied mich immer mit dem Kopf, doch nie mit dem Herzen. Bei den Partnern vorher überlegte ich immer. Ich wog ab, wollte von ihnen Sicherheit, Liebesbeweise, doch selbst war ich unsicher. Erst wenn ich mir sicher war, dass er es ernst meint und er echte Gefühle für mich hat, ließ ich mich auf eine Beziehung ein. Damals hatte ich den Wunsch, normal zu sein, eine Beziehung zu führen, zu heiraten und Kinder zu kriegen, wie alle normalen Menschen. Der Druck von außen war groß. Ich weiß nicht, warum sich andere Leute immer anstatt um sich um andere kümmern. Ständig war mein Privatleben Thema. Selbst Bekannte von meinen Eltern fragten doch tatsächlich meine Mutter mal, ob ich lesbisch sei, weil es keinen Mann in meinem Leben gab. Meine Mutter war über diese Frage sichtlich schockiert und meinte nur, Carmen sei eben wählerisch. Der Wunsch zu lieben war größer als die Liebe selbst, der Wunsch einen Partner zu haben. Mein Vater sagte aber immer wieder: »Höre auf dein Herz. Vertraue auf deine Intuition. Du wirst es in dem Moment wissen, in dem es so ist.« Und so war es dann auch! Als ich das erste Mal meinen Mann sah, war ich sofort begeistert von ihm und er auch von mir. Wir lernten uns bei der Arbeit kennen, normal kam er nur sporadisch, nach unserem Kennenlernen auf einmal fast täglich. Es dauerte nicht lange, da erschlich er sich ein erstes Date. Ich werde nie vergessen, wie er damals auf mich zukam. Ich wusste in dem Moment: Das ist er, den werde ich heiraten. Es war ein großartiges Gefühl. Zum ersten Mal wusste ich, was Liebe wirklich ist. Wenn ich nur daran denke und darüber schreibe, wird mir heiß und ich bekomme Gänsehaut. Ich habe wirklich den Jackpot geknackt. Mein Mann ist mein Seelenverwandter.

Danke, Dad, für die vielen Gespräche über Liebe und die Geduld mit mir. Letztendlich habe ich die Liebe meines Lebens getroffen. Mein Mann war der Erste und Einzige, an dem mein Vater nichts auszusetzen hatte. Zumindest hat er mir gegenüber nie ein schlechtes Wort über ihn verloren. Bei all seinen Vorgängern hat er keine Gelegenheit ausgelassen, um zu lästern.

Ja, mein Vater wusste, dass er sterben würde. Ich erinnere mich, als wir meine Mutter im Hotel abholten, trafen wir in der Lobby die netten Schweizer, die den Abend zuvor noch mit meinen Eltern verbracht hatten. Sie konnten es auch kaum glauben, dass mein Vater gestorben war, und sie sprachen uns ihr Beileid aus. Sie erzählten, sie hätten sich gut unterhalten und irgendwann im Verlaufe des Gesprächs hätte mein Vater gesagt: »Wenn deine Zeit abgelaufen ist, ist sie abgelaufen.«

Ja, man hat seine Zeit auf der Welt und wenn es vorbei ist, ist es vorbei. Alles hat seinen Grund. Mein starker Glauben hilft mir, vieles zu ertragen. Ich bin absolut überzeugt davon, dass es Schicksal gibt. Eine gewisse Lebensbahn wird uns vorgegeben und gewisse Dinge müssen einfach passieren. Auch wenn sie nicht schön sind, müssen wir sie erleben, um das zu werden, was wir sein sollen. Ich glaube daran, dass alles im Leben einen Grund hat. Manchmal braucht man Jahre, um diesen Grund zu erkennen. Alles ist für etwas gut und alles geschieht zu meinem Besten. Das glaube ich zu 100 Prozent. Seit ich das tue, geht es mir viel besser.

Immer wenn etwas Schlimmes passiert, hadern wir mit uns, Gott und der Welt. Und dann diese ständige Frage: Warum?

Darauf bekommt man doch eh nie eine Antwort. Wenn es uns schlecht geht, suchen wir den Weg zu Gott, erst im Vorwurf und dann als Rettungsanker. Wenn wir aber eine Million im Lotto gewinnen, fragen wir dann auch: Warum ich? Oder wenn es uns besonders gut geht, fragen wir dann: Warum ich? Wenn wir die Liebe unseres Lebens finden, fragen wir dann: Warum ich? Nein. Nur wenn es uns schlecht geht, machen wir Gott und andere dafür verantwortlich. Das finde ich einfach unfair und ich bin dankbar, dass ich meinen starken Glauben, meinen Willen und meine Liebe gefunden habe. Früher war ich ganz anders drauf. Ich habe mit mir, Gott und der Welt gehadert. Wie ein Mahnmal trage ich einen Rosenkranz und eine Friedenstaube als Tattoo an meiner linken Hand. Ich habe mir die Friedenstaube stechen lassen, als ich nach Jahren des Krieges, der Angst und Missachtung meines Körpers Frieden mit ihm schloss. Es hat mir so gut gefallen, dass ich mir ein paar Wochen später noch den Rosenkranz tätowieren ließ. Er ist ein Zeichen für meinen starken Glauben, Willen und meine Liebe. Ich liebe diese beiden Tattoos heute noch sehr und glaube, dass ich sie immer lieben werde. Ich wollte, dass sie mich täglich daran erinnern, was ich heute bin, damit ich auf keinen Fall mehr in meine alten Muster zurückfalle.

# 3. Schmerzen, tiefe, fast unerträgliche Schmerzen

Mein Dad ist tot und ich fühle diese fast unerträglichen Schmerzen. Ich kann es kaum beschreiben. Am Anfang ist der Schock, ich habe eigentlich gar nichts gefühlt. Irgendwann kommt ein Schlag ins Gesicht und ich spüre diesen tiefen Schmerz. Ich bin total überfordert und kann gar nicht genau sagen, was das für eine Art Schmerz ist, wie es genau wehtut beziehungsweise wo genau. Beim Arzt wird man oft gefragt: »Was ist das für ein Schmerz, den Sie fühlen, ist er dumpf, stechend?« Ich kann es nicht sagen. Es tut einfach so weh, einen geliebten Menschen zu verlieren. Ich werde meinen Vater nie wieder in der gewohnten Weise sehen.

Ein paar Tage nach seinem Tod bin ich mit meinem Patenkind und dessen Mann in Breisach, es ist verkaufsoffener Sonntag. Es ist ein schöner Tag und ich kann ihn einigermaßen genießen. Plötzlich ruft mein Patenkind: »Da ist dein Vater!«

Ich reagiere sofort und suche meinen Dad, aber ich entdecke ihn nicht. Ich frage mein Patenkind: »Wo?«

Und sie sagt: »Na, dort.«

Es ist ihr Schwiegervater. Sie hatte nicht mit mir geredet, sondern mit ihrem Mann. Ich bin gar nicht auf die Idee gekommen, dass nicht mein Vater gemeint war. Da taucht dieser Schmerz unerwartet wieder auf. Er zerreißt mir mein Herz. Die Tränen laufen nur so in Strömen über mein Gesicht: Es kann doch gar nicht mein Vater sein. Er ist doch tot. Und das tut so sehr weh. Ich sehe ihn nie wieder. Das ist eine Vorstellung, die ich einfach nicht akzeptieren kann. Er ist tot. Tod – dieses Wort ist wirklich das Letzte, was ich hören will.

Mit der Geburt ist schon klar, dass der Tod dazugehört, doch keiner ist wirklich darauf vorbereitet. Das habe ich nun am eigenen Leib erfahren. Und die meisten können nicht mit dem Tod umgehen.

Am Anfang des Verarbeitungsprozesses bin ich in einer Schockstarre und irgendwie sehr verwirrt. Abgelenkt. In Gedanken. Irgendwo. Oft bin ich gar nicht in der Lage, einen einfachen Satz zu formulieren. Die Gedanken kreisen um meinen Dad, die Vorwürfe oder es herrscht Leere in meinem Kopf. Der Tod nimmt mir meine Konzentration, meine Gedanken und meine Zentrierung. Er nimmt mir meine Bodenhaftung. Ich weiß nicht, was ich tun soll. Manche fragen, was los sei, manche auch nicht. Ganz am Anfang hatte ich das Bedürfnis, allen zu erzählen, dass mein Dad gestorben ist, doch viele waren damit überfordert und wollten es nicht hören. Ich denke, darüber zu reden, war ein Teil der Verarbeitung. Und egal wo wir waren, redete ich darüber: Mein Handy ist kaputt und wir kaufen ein neues. Auch dem Verkäufer erzähle ich, dass mein Dad gestorben ist und bis mein neues Handy da wäre, könne ich sein Handy nutzen. Natürlich überhören Fremde das Thema bewusst. Mir ist das egal, ich muss es loswerden, ich kann es nicht unterdrücken, es muss einfach raus. Immer noch. Denn wenn ich es erzähle, muss ich es doch irgendwann auch verstehen und akzeptieren. Damit klarkommen, dass er nun tot ist und nie mehr zurückkommt. Ich sehe ihn nie wieder. Ich kann es bis heute noch nicht ganz glauben. Er kann mir nicht mehr sagen, dass er mich lieb hat, dass er stolz auf mich ist, dass er für mich da ist. All das werde ich auf die gewohnte Weise nicht mehr hören. Es bricht mir das Herz. Ich leide. Ich leide so sehr. Ich versuche, diese Schmerzen zu ertragen.

Warum müssen wir so große Schmerzen fühlen? Meistens verändert uns der Schmerz. Wenn wir es zulassen. Es ist eine Chance! Es ist ein Neuanfang! Man muss große körperliche Schmerzen ertragen, um tiefe innere Schmerzen zu heilen. Das ist mir heute klar. Der Tod meines Vaters hat mich verändert. Ich habe mir einige Fragen gestellt. Warum bin ich hier? Was ist mein Sinn im Leben? Was ist meine Herzensaufgabe? Was ist meine Aufgabe in meinem Leben? All diese Fragen habe ich mir gestellt und natürlich nicht sofort eine Antwort darauf gehabt. Es ist ein Prozess, wie das ganze Leben. Der Weg nach dem Tod meines Vaters ist ein Prozess und ein Neuanfang für mich. Wenn ich es zulasse, diese Gefühle annehme, spüre, lebe, dann erwächst daraus die Chance, etwas zu verändern. Es ist doch oft im Leben so, dass erst etwas Schlimmes passiert und wir deshalb irgendwann etwas verändern.

Ich habe angefangen, mich mit den Themen Tod und Trauer zu beschäftigen. Ich habe viel gelesen. Vieles habe ich verstanden, vieles hat gutgetan, aber wirklich geholfen hat es mir nicht. Den Weg gehen kann ich nur selbst. Ich muss selbst laufen. Ich muss mein Leben selbst leben. Nur ich kann etwas verändern. Ich muss den Tod annehmen und damit einverstanden sein.

Nach und nach kann ich diesen Schmerz besser ertragen. Das Einzige, was wirklich hilft, ist ihn anzunehmen. Eine kleine Hilfe sind Bücher und Geschichten von Betroffenen, die den gleichen oder einen ähnlichen Weg hinter sich haben. Damit fühle ich mich verstanden. Es ist ein kleiner Trost, wenn ich weiß, dass andere das Gleiche durchgemacht haben. Es hilft ein wenig, ich fühle mich dann nicht so allein. Obwohl ich die meisten dieser Menschen nicht kenne, fühle ich mich mit ihnen verbunden. Es sind solche Dinge, die auch dazu beigetragen haben, den Tod anzunehmen. Weiterzugehen, durch den Schmerz zu gehen. Weiterzumachen. Weiterzuleben. Nicht aufzugeben. Nach dem Regen kommt die Sonne. Natürlich heilt die Zeit die Wunden. Es sind solche Sprüche, die ich am Anfang höre und die so abgedroschen sind, dass ich brechen könnte. Aber es ist wirklich etwas Wahres daran. Für mich hatten sie zunächst mehr mit Verrat zu tun. Es fühlte sich an, als hätte ich meinen Vater verraten, wenn ich weitermache ohne ihn.

Er fehlt mir heute auch noch sehr. Diese Lücke kann keiner füllen. Aber heute kann ich damit leben und bin vor allem dankbar für die Zeit, die ich mit ihm hatte. Durch Schmerz, Qual und Leid werden wir stärker und wachsen über uns hinaus. Ich verstehe nun, dass wir diese Erfahrungen brauchen, um über uns hinauszuwachsen und um zu reifen. Manchmal muss es erst wehtun, damit wir etwas erkennen oder etwas lernen. Ich bin dankbar, dass ich begriffen habe, dass alles im Leben zusammengehört, Glück und Leid. Es liegt in der Betrachtung, wie wir es sehen. Ich kann ein Erlebnis positiv oder negativ sehen. Ich sage nicht, dass der Tod positiv ist, aber was ich daraus lerne, kann äußerst positiv sein. Ich glaube weiter fest daran, dass alles im Leben einen Sinn macht, seine Bestimmung hat und seinen Grund. So lebe ich jedenfalls wesentlich leichter und besser. Ich muss annehmen, akzeptieren und das Beste aus jeder Situation machen. Denn eine Wahl habe ich nicht, ich kann nichts rückgängig machen oder ändern. Ich habe große Schmerzen erlitten, doch wird es mit der Zeit wirklich besser. Zeit heilt doch alle Wunden. Zeit macht einiges leichter.

Natürlich vergeht der Schmerz nie ganz, das will ich auch nicht. Heute verstehe ich vieles besser. Heute weiß ich, dass mein Vater nicht mehr leiden muss. Ich bin mir ganz sicher, dass er keine Schmerzen mehr hat und nichts Schlimmes mehr ertragen muss. Der Gedanke macht mich sehr glücklich. Das macht den Schmerz ebenfalls erträglicher für mich. Ich sage zu meiner Mutter immer, sie solle dankbar sein für die Zeit mit ihm. Ebenso solle sie dankbar dafür sein, dass ihm und ihr viel erspart geblieben ist. Er hätte noch mehr ertragen müssen, mehr Operationen und mehr Leid, und er wollte das nicht mehr. Er ist friedlich eingeschlafen und musste nicht leiden. Solch einen schnellen Tod wünscht sich doch jeder, oder? Für meinen Vater war es ein Segen, so ruhig und schnell einzuschlafen. Er hörte einfach an einem wunderschönen Ort neben seiner geliebten Frau auf zu atmen. Er musste nicht leiden. Meine Mutter erzählte irgendwann Tage danach, dass sie um 4:30 Uhr beide wach waren und sich kurz unterhielten, es gab keinerlei Anzeichen, dass er nur eineinhalb Stunden später sterben würde. Dieser Tod war für ihn eine Erlösung. Das macht es heute für mich erträglicher. Weil er in Österreich starb, war eine Obduktion unumgänglich. Durch die Obduktion wissen wir, dass das Gefühl meinen Vater nicht getäuscht hatte. Er wusste, dass es in ihm brodelte und die Obduktion bestätigte das.

Meine Mutter, mein Mann und ich fahren gerade auf der A5 Richtung Kippenheim, dort ist eins der Häuser, die mein Vater hinterlassen hat. Wir müssen einiges regeln und es steht der erste Wohnungswechsel an, heute ist Wohnungsbesichtigung. Da kommt das Lieblingslied meines Vaters im Radio. Christian fährt sein Auto und sein Lied läuft – mir stockt der Atem, die Tränen strömen nur so über mein Gesicht. Christian fährt sehr schnell und ich drehe sein Lied laut auf, es ist das Stück von Kiss »I was made for lovin' you«. Ich fühle mich meinem Vater plötzlich so nah, der Moment tut mir gut. Das ist der Anfang. Ich begreife, dass er zwar tot ist, aber nicht aus meiner Welt verschwunden. Er ist immer in meinem Herzen. In meinen Erinnerungen lebt er weiter. Ich bin davon überzeugt, dass die Seele weiterlebt. Dies ist ein Zeichen von ihm für mich, dass er immer noch an meiner Seite ist und an meinem Leben teilnimmt.

# 4. Die Tage danach

Ein paar Tage sind vergangen. Am Anfang bin ich, wie gesagt, jeden Tag bei meiner Mutter, um ihr Kraft zu geben, sie zu unterstützen und ihr das Gefühl zu geben, dass sie nicht alleine ist. Auch heute bin ich bei meiner Mutter, meine Schwester und Nichte kommen auch. Wir haben ein paar Dinge zu erledigen und wollen noch auf den Friedhof. Wegen eines Missverständnisses eskaliert es wieder mit meiner Schwester. Ich bleibe alleine bei meiner Mutter zu Hause. Ich denke nach und entschließe mich, dass es für uns alle erst einmal das Beste wäre, den Kontakt zu meiner Schwester abzubrechen. Das ist kein leichter Entschluss, gerade in so einer Situation, aber die Grenze ist überschritten. Für mich ist es die beste Entscheidung. Ich will mir selbst und meiner Schwester die Angriffsfläche entziehen. Ich habe genug mit mir zu tun und kann mich nicht noch mit diesen Streitigkeiten auseinandersetzen. Meine Schwester ist so manches Mal eifersüchtig auf mich, obwohl sie das gar nicht braucht. Sie ist eine tolle Frau, hat viel erreicht und müsste sich nicht mit mir messen. Sie ist stark und hat alles, was man sich wünschen kann. Meine Schwester braucht nicht neidisch zu sein. Jeder kann alles haben, was er will, wir müssen es nur wirklich wollen und etwas dafür tun. Es reicht schon das richtige Denken. Der Kopf entscheidet viel, viel mehr, als wir so manches Mal glauben. Was wir denken, geben wir als Energie ab und dementsprechend kommt es zurück. Mein Mann und ich sagen immer, das Leben ist leicht, so leicht, wie man es sich selbst eben macht. Das Leben ist so schön und leicht, wenn man das System erst einmal verstanden hat. Ich liebe mein Leben.

Für meine Mutter ist das Verhältnis zwischen meiner Schwester und mir beziehungsweise der Streit zwischen uns schwierig. Sie will das nicht akzeptieren und versucht anfangs immer wieder, ihren Kopf durchzusetzen und mich zu zwingen, nachzugeben. Aber ich bleibe bei meiner Meinung, letztlich auch wegen meines Mannes. Für einen selbst ist die eigene Familiendynamik normal, doch wenn ein Partner dazukommt, sieht er es als Außenstehender ganz anders. Ich war bei seiner Familie über einiges verwundert und andersherum ebenso. Manches erscheint dem neuen Partner nicht verständlich und er teilt es dann mit. Mein Mann war verwundert über die Erwartungen und das Bestimmen über andere in unserer Familie. Er steht hinter mir und unterstützt mich. Er findet es angebracht, meiner Familie Grenzen zu setzen. Es ist mein Leben, mein Wille und ich habe gelernt, auf mein Bauchgefühl zu hören. Ich lasse mich nicht mehr in irgendetwas hineindrücken, was ich nicht will. Das habe ich früher jahrelang mitgemacht um des lieben Friedens willen.

Meine Mutter versucht anfangs Druck auszuüben. Ich soll nachgeben. Alles soll wieder normal sein. Ich soll wieder mit meiner Schwester reden und Kontakt mit ihr haben. Natürlich ist das in dieser besonderen Situation schwer für sie, doch ich kann nicht. Es ist genug. Da sind einige Verletzungen und die Grenze ist überschritten. Natürlich ist es für mich schwer, stark zu sein, nicht einzubrechen. Doch ich muss das für mich tun. Einen Unterschied macht es eigentlich nicht. Ich bin für meine Mutter da und meine Schwester ist auch für meine Mutter da. Nur zusammen sind wir nicht an ihrer Seite. Ich finde es nicht schlimm, wir kümmern uns beide getrennt um meine Mutter. Nach einiger Zeit akzeptiert meine Mutter die Situation zwischen mir und meiner Schwester. Das ist für mich ein schönes Zeichen und bedeutet mir viel. Sie hat verstanden, dass es meine Entscheidung ist, nichts anderes zählt.

Die Tage nach dem Tod meines Vaters vergehen wie im Fluge. Es ist eine Menge zu erledigen. Mein Vater hinterlässt Häuser und nun kümmere ich mich mit meiner Mutter darum. Zu Lebzeiten meines Vaters musste sich meine Mutter um nichts kümmern. Nun ist das alles erst einmal neu für sie und sie muss sich langsam reinfinden. Doch Zeit haben wir leider keine, es gibt keine Einarbeitungsphase. Wir quälen uns so rein und nach und nach kommen wir gut zurecht. Es steht der erste Wohnungswechsel an und wir unterzeichnen den ersten Mietvertrag mit einem neuen Mieter. Es ist schon sehr aufregend und anstrengend zugleich. Das ist eine große Verantwortung. Für wen sollen wir uns entscheiden? Ist es die richtige Wahl? Einmal entscheidet sich meine Mutter für den Falschen und bekommt prompt keine Miete. Ich hatte von Anfang an kein gutes Gefühl mit dem Mann und riet ihr ab. Wir sanieren die erste Wohnung – Bad komplett raus und Tapeten runter und alles neu. Wir haben ja Zeit und mein Mann ist Handwerker, Installateur, da liegt es auf der Hand, dass wir es selbst tun. Ebenso ist es eine gute Abwechslung und Ablenkung, wenn wir beschäftigt sind, ist keine Zeit zum Grübeln, Es folgt die eine oder andere Wohnung und wir drei werden ein gutes, eingespieltes Team. Mein Mann ist wirklich toll und sehr verständnisvoll und ich danke ihm jeden Tag, dass er das alles so mitmacht. Es ist nicht selbstverständlich, dass mein Partner alles so akzeptiert. Meine Mutter ist viel bei uns, wie gesagt, ich sehe sie jeden Tag. Manchmal komme ich gerade von ihr nach Hause und wir telefonieren dann noch. Sie ist die ersten Monate auch jeden Sonntag bei uns. Es hat meinen Mann bestimmt das eine oder andere Mal genervt, doch er blieb verständnisvoll. Dafür liebe ich ihn noch mehr. Vor dem Tod meines Vaters gab es ja leider eher nur alle paar Wochen Kontakt aufgrund unserer Missverständnisse.

Zurück zu den Häusern. Es ist schon manches Mal sehr anstrengend. Das eine Haus ist echt ein Kindergarten. Man sollte nicht glauben, dass dort erwachsene Menschen wohnen. Abends um 22:00 Uhr kommen Anrufe, das Licht im Flur ginge nicht.

Der Hausmeister wohnt im Haus und man müsste meinen, die Birne auszutauschen sei selbstverständlich. Doch in diesem Haus ist leider nichts selbstverständlich, die einfachsten Dinge sind dort eine gewaltige Herausforderung. Sogar untereinander bekriegen sich die Mieter und rufen uns dann an, um über den anderen schlecht zu reden. Als ob wir gerade keine anderen Probleme hätten. Also Anrufe nachts wegen irgendwelcher belanglosen Dinge sind völlig normal.

Ich sage zu meinem Mann immer wieder, unser Vermieter wüsste gar nicht, wie gut er es mit uns hat. Na ja, aber das ist ein Kapitel für sich.

Relativ schnell nach dem Tod meines Vaters steht fest, dass meine Mom das Auto verkaufen will. Sie will es nicht fahren, es ist ihr zu groß und außerdem war es sein Auto. Es erinnert sie viel zu sehr an ihn. Es geht einfach nicht. Es handelt sich um einen Opel Insignia, also auf zum Opel-Autohaus. Gesagt, getan. Das Angebot ist ein Schlag ins Gesicht. Eine absolute Frechheit. Anscheinend ist man befreundet. Mein Vater und die Autohausbetreiber waren Geschäftspartner, wir hatten mit unserem Restaurant so manche Veranstaltung in diesem Autohaus kulinarisch begleitet. Der Preis, den wir nun genannt bekommen, geht aber gar nicht! Wir fühlen uns regelrecht abgezockt. Wir diskutieren das in der Familie und meine Mutter erzählt dem einen und anderen Freund von dem Angebot des Autohauses. Mit einem Bekannten, der sich gut mit Autos auskennt, geht sie dann zu anderen Autohäusern und bekommt überall über 3.000,00 Euro mehr geboten. Das ist die Bestätigung für uns, dass der Chef des Opel-Autohauses Geld mit uns machen wollte. Wir verkaufen das Auto über ein anderes Opel-Autohaus und bekommen über 3.500,00 Euro mehr. Es ist schon beachtlich, wie viel Wert Autos im ersten Jahr verlieren. Mein Vater hatte das Auto vor knapp eineinhalb Jahren gekauft und der Wertverlust beträgt weit über 60 Prozent.

Es ist makaber und enttäuschend, wie Menschen dich in so einer Situation ausnutzen können. Da liegt man doch schon am Boden und es wird noch nachgetreten. Es stellt sich jedoch heraus, dass genau der Bekannte, der sich sehr über diese Autoabzocke aufregt, es nicht anders macht. Es steht die erste Nebenkostenabrechnung an und wir haben keine Ahnung. Mein Vater hat das stets korrekt und vor allem selbst erledigt. Natürlich haben wir so etwas noch nie gemacht. Meine Mutter ist mitteilungsbedürftig und spricht im Bekanntenkreis über alles. Der besagte Bekannte erklärt, er würde auch solche Abrechnungen machen. Ich will eine Firma beauftragen, doch meine Mutter vertraut ihm und fühlt sich von ihm gut beraten. Also übergeben wir ihm die Abrechnungen. Wir vertrauen ihm und unser Vertrauen wird missbraucht. Der am lautesten geschrien hat, zockt meine Mutter selbst ab. Sein Honorar ist reiner Wucher. Nach diesem Honorar beauftragten wir für das nächste Jahr eine Firma und werden über die Hälfte sparen. Das ist eine ziemliche Frechheit, dass uns manche Menschen in unserer Situationen noch benutzen und ausbeuten. Man muss schon wenig bis gar keinen Charakter haben, um so etwas zu tun. Was wir nicht alles in Kauf nehmen, weil wir gerade keinen anderen Ausweg sehen.

Sein teures Carbon-Rad verkaufen wir auch. Schließlich benutzt es keiner von uns. Jeder ist anders und meine Mutter möchte diese Dinge alle loswerden. Es ist komisch, manches stört sie einfach und sie kann es nicht ertragen, es weiter zu besitzen, während sie gleichzeitig einen ganzen Schrein an Fotos von meinem Dad in der Wohnung verteilt. Jeder hat seine eigene Art, mit einem Verlust umzugehen. Wir inserieren in dem hiesigen Kleinanzeiger Zypresse und ein Mann meldet sich auf unsere Anzeige. Er fährt auch gerne Rad. Er teilt die Leidenschaft meines verstorbenen Vaters und würde sich ein so teures Rad normalerweise nicht leisten können. Doch gebraucht, aber in einem sehr guten Zustand, wird es auf diese Weise für ihn möglich. Also: Zwei Menschen werden glücklich gemacht.

Das Rad hat so manche Reise erlebt. Mein Dad hat es sehr geliebt. Er hat es in jeden Urlaub mitgenommen. Am liebsten fuhr er große Strecken und die großen Berge hatten es ihm auch angetan. Er fuhr sogar mal mit dem Rad bis nach Heidelberg und Frankfurt. Ich habe in Heidelberg studiert und in Frankfurt gearbeitet. Er fuhr mit seinem Rad den San Bernardino und den Gotthard hoch – für mich eine furchtbare Vorstellung. Die Liebe zum Radfahren ist eine der wenigen Eigenschaften, die mir mein Vater nicht vererbt hat. Ich habe fast alles von meinem Vater, seine Art, den Charakter, das Aussehen. Obwohl ich immer sage, dass ich natürlich hübscher, femininer, sanfter und gelassener bin als er. Aber wenn man ein Babyfoto von mir anschaut und ein Foto von meinem Dad in den letzten Jahren ist die Ähnlichkeit verblüffend. Ich sage immer: ein Arsch, ein Kopf. Beide glatzköpfig. Ich hatte leider die ersten vier Lebensjahre keine Haare und einer meiner Spitznamen war Kojak. Irgendwann nervte es. Meine Mutter sagte dann: »Das Kind heißt Carmen!«

Zurück zum Rad. Dem Mann ist es zunächst zu teuer. Wir kommen ins Gespräch und erzählen, warum wir das Rad verkaufen wollen. So kommt es zu einem Tauschgeschäft: Rad gegen Grabumrandung. Der Mann ist Künstler und macht solche Dinge. Für ihn ist es die bessere Alternative. Wir machen einen Vertrag und zum einjährigen Todestag macht er für uns die Grabumrandung. Für beide Parteien eine super Sache. Und das geliebte Rad meines Vaters kommt in gute Hände.

Die Zeit vergeht. Es ist schon Oktober. Der Geburtstag meines Mannes steht an. Wir haben die Gewohnheit, über seinen Geburtstag zu verreisen. Es ist das erste Mal nach dem Tod meines Vaters, dass wir ein paar Tage nicht da sein werden.

Ich habe kein gutes Gefühl damit, meine Mutter alleine zu lassen. Ich kann sie dann ja nicht in den Arm nehmen und trösten, wenn sie weint und alles sinnlos findet. Mein Mann überzeugt mich jedoch, dass es wichtig ist, sein eigenes Leben weiterzuleben. Es fällt mir dennoch schwer zu fahren. Ich fühle mich immer ein bisschen schlecht, wenn ich Spaß habe und lache, das Leben genieße. Es ist komisch, aber ich fühle mich tatsächlich mies dabei. Mein Vater musste sterben und ich selbst lebe weiter und habe Spaß – das passt doch nicht. Ich fühle mich, als dürfte ich keinen Spaß mehr haben, da ich schließlich gerade einen wichtigen Menschen verloren habe. So manches Mal fühle ich mich wie eine Verräterin. Dabei hätte sich mein Dad bestimmt gewünscht, dass ich weiterlebe und das Leben genieße.

Mein Mann meint, wir bräuchten die Zeit: »Du für dich und wir für uns.« Er hat wie immer recht. Wir fahren nach Wien, wir sind beide das erste Mal in Wien. Es ist wunderschön. Wir haben tolle Tage, ein bisschen Shopping und wie immer sehr gutes Essen. Für den Geburtstag meines Mannes habe ich übers Internet ein Spitzenrestaurant gefunden und ich will unbedingt dort essen. Natürlich sind keine Plätze mehr frei. Ich habe vergessen zu reservieren. Beim Rausgehen sagt der Kellner jedoch, wir könnten auch draußen Platz nehmen. Das Restaurant ist im ersten Bezirk und die Pachten sind horrend, deshalb bedienen sie auch im Winter unter Pavillons und Heizpilzen draußen. Ich schaue den Kellner fragend an und erkundige mich, ob das sein Ernst sei. Er bejaht und sagt: »Nehmen Sie Platz, Madam, probieren Sie es aus. Unter den Heizstrahlern und mit den Decken auf den Beinen frieren Sie sicher nicht.«

Ich bin eher skeptisch und wenn es um gutes Essen geht, habe ich so meine Vorstellung, wie es zu sein hat. Das Ambiente ist sehr wichtig. Und obwohl es erst Anfang Oktober ist, ist es sehr kalt. Für mein Gefühl viel zu kalt, um draußen zu sitzen.

Mein Mann ist offener und positiv begeistert von der Vorstellung, draußen zu essen, schließlich kann er dann zwischen den Gängen rauchen. Ich lasse mich auf das Neue und Ungewohnte ein und bin überrascht. Ich friere den ganzen Abend nicht und habe einen der schönsten Abende mit meinem Mann. Wir haben den perfekten Platz, das perfekte Restaurant, das noch bessere Essen und den wohl besten Kellner – so zuvorkommend und aufmerksam, das erlebt man heute wirklich nur noch in den sehr guten Häusern. Hier ist wirklich noch der Gast König. Ich könnte noch stundenlang von diesem Abend schwärmen. Manchmal muss man sich auf etwas Neues einlassen, um etwas Wundervolles zu erleben. Ich bin dankbar, dass ich meine Vorstellung von diesem Abend durchbrach und mich auf etwas Ungewöhnliches eingelassen habe.

Ich genieße die Tage wirklich sehr. Es ist wie eine kleine Auszeit vom Tod. Natürlich telefoniere ich täglich mit meiner Mom und lasse sie an unserem Ausflug teilhaben. Nun kümmere ich mich eben auf diese Weise um sie.

Die nächsten Tage fliegen wieder so dahin und plötzlich ist mein eigener Geburtstag nicht mehr weit. Es ist das erste Mal, dass ich keine Lust habe zu feiern. Eigentlich liebe ich es, Geburtstag zu feiern. Da wir immer über Christians Geburtstag verreist sind, feiern wir beide Geburtstage nach meinem Geburtstag mit Familie und Freunden. Ich liebe es, alle einzuladen und zu bekochen. Ich überlege mir immer etwas Neues und Raffiniertes. Ich koche und backe mit voller Leidenschaft.

Nun entscheide ich mich zunächst, meinen Geburtstag ausfallen zu lassen, doch dann laden wir im kleinen Kreis ein. Es ist mein erster Geburtstag ohne meinen Dad. Der Tod ist an solchen Tagen besonders präsent. Irgendwie mag ich diese Feiertage und Festtage nicht mehr so wie früher. Ich werde daran erinnert, dass er nicht dabei ist und es auch nie mehr sein wird. Was schon blöd ist, denn an den anderen Tagen ist er ja auch nicht da. Das habe ich inzwischen gelernt. Ich sage es auch immer wieder zu meiner Mom: Feiertage sind normale Tage und man sollte ihnen nicht so viel Gewicht geben. An jedem Tag im Jahr ist mein Vater nicht mehr unter uns. Aber ich versuche sie auch immer damit aufzubauen, dass er immer da ist, in unseren Herzen und Erinnerungen. Wir sollten froh sein für die Zeit, die wir mit ihm hatten.

Heute ist mein Geburtstag. Ich sehe diesem Tag mit gemischten Gefühlen entgegen. Ich lasse mich darauf ein. Es ist doch ganz okay. Am Abend erzählt mir mein Patenkind, dass sie schwanger sei. Ich freue mich sehr für sie. Sie hat zwei Tage vor dem Tod meines Vaters geheiratet und nun ist sie schwanger. Der Tod und die Geburt gehören auf eine Art zusammen. Ein Sprichwort sagt das doch auch, wie ich mich erinnere.

Es ist auch der erste Geburtstag ohne meine Schwester und ihre Familie. Es ist schon verdammt hart, so viele Menschen auf einmal zu verlieren. Wenn auch nicht alle für immer. Ich weiß, dass ich mich irgendwann wieder mit meiner Schwester versöhnen werde, nur eben nicht jetzt. Ich will diesen Abstand, doch weh tut er trotzdem.

Meine Schwester und ich sind sehr unterschiedlich, obwohl wir nur ein Jahr und einen Tag auseinander sind und dasselbe Sternzeichen haben. Wir sind zwei ganz verschiedene Menschen. Trotzdem waren wir uns immer nahe und eng verbunden. Es ist der erste Geburtstag, an dem ich ihr nicht gratuliere, aber ich denke an sie.

Mein Schwager ist mein bester Freund. Er und meine Schwester sind schon eine halbe Ewigkeit zusammen. Genau gesagt seit sie sechzehn und er fünfzehn war. Seitdem kenne ich natürlich auch meinen Schwager. Wir haben viel zusammen erlebt, zusammen gearbeitet und gefeiert. Wir waren viel miteinander unterwegs und eben beste Freunde. Mein Schwager war mein Vertrauter und neben meinem Mann und Vater der einzige Mensch, der alles über mich weiß. Ich habe ihm immer vertraut, konnte mit ihm über alles reden. Für mich war oder vielmehr ist er wie ein Bruder. Bis ich meinen Mann traf, war er einer der wichtigsten Menschen in meinem Leben. Seit mein Mann an meiner Seite ist, ist er natürlich der wichtigste Mensch für mich und mein engster Vertrauter. Nun teile ich selbstverständlich alles mit ihm.

So plötzlich nun auf diese Menschen zu verzichten, ist schon hart. Aber ich weiß ja, unsere Zeit kommt wieder.

# 5. Schlechtes Gewissen

Es ist Anfang Dezember und der Tod meines Vaters schon über vier Monate her. Mich plagt mein schlechtes Gewissen so sehr. Ich leide so stark, dass mein Mann manchmal gar nicht weiß, was er tun, sagen oder machen kann, um mich zu trösten oder mir mein Gewissen zu erleichtern. Warum haben wir ein schlechtes Gewissen? Ich versuche eine Antwort im Internet zu finden, das ist doch immer so schlau. Hier die Antwort aus dem Duden (Bibliographisches Institut GmbH Dudenverlag. Berlin), zu Gewissen steht dort: »Bewusstsein von Gut und Böse des eigenen Tuns; Bewusstsein der Verpflichtung einer bestimmten Instanz gegenüber.« Das hilft mir auch nicht viel weiter und ändert vor allem nichts an meiner Lage. Warum bewerten wir immer automatisch alles als gut oder schlecht? Warum fühlen wir uns für etwas verantwortlich? Ich finde, wir sind doch nur für uns selbst verantwortlich. Warum mache ich mich für etwas verantwortlich, obwohl es keinen Grund gibt?

Ich leide. Ich leide sehr. Ich leide so sehr darunter, dass mein Vater tot ist und ich nichts mehr an der beschriebenen Situation ändern kann. Es geht hier also um mich. Ich leide. Wahrscheinlich ist es egoistisch. Er wurde erlöst von seinen Qualen, Ängsten und Schmerzen. Er hat in seinem Leben so manchen Schmerz erlebt, nicht nur körperlich, sondern auch emotional. Nun ist er erlöst und ich leide umso mehr. Jeder sagt, ich solle aufhören, mir selbst ein schlechtes Gewissen zu machen. Es war doch wieder ganz okay zwischen uns. Wir hatten unseren schönen Hochzeitstag. Ein toller Tag mit gutem Essen, Trinken und guten Gesprächen. Ich war meinem Dad sehr nah an diesem Tag, wie schon lange nicht mehr. Es war an diesem Tag ein sehr vertrautes Gefühl. Es hat mich an diesem

Tag sehr glücklich gemacht, so viel Harmonie zu spüren. Es war so entspannt zwischen uns wie schon lange nicht mehr.

Der letzte Anruf beziehungsweise die letzten zwei Gespräche waren dagegen nicht so erfreulich. Ich war sauer auf ihn. Es gab Konflikte zwischen uns und dann zieht mein Vater sich so aus der Affäre. Blöd. Ich bleibe zurück mit meinem schlechten Gewissen und weiß nicht, wie ich damit leben soll und kann. Die Last, die ich mir auf meine Schultern gelegt habe, ist groß. Ich selbst bin die Einzige, die mich davon befreien kann. Doch wie mache ich das?

Wir fahren gerade von meiner Mom nach Hause, Gott sei Dank fährt mein Mann. Ich glaube, in dem Moment hätte ich nicht fahren können. Wir rollen Richtung Zubringer Glottertal, das Radio läuft. Alles saust so schnell an mir vorbei. Ich kann wie so oft keinen klaren Gedanken fassen. Alles dreht sich in meinem Kopf, als dieser Moment mein Leben verändert, was ich aber natürlich nicht weiß, als es passiert. Wir fahren über die Ampel und fädeln uns ein, als dieses Lied anläuft. Ich kenne es nicht. Die Melodie läuft und schon bei den ersten Tönen zerreißt es mich. Mir laufen die Tränen in Strömen übers Gesicht und mein ganzer Körper bebt und schüttelt sich. Mein Mann versucht mich, so gut es gerade geht, zu trösten und wischt mir zärtlich die Tränen aus dem Gesicht, fährt er doch Auto und muss sich eigentlich darauf konzentrieren. Alles in mir bricht zusammen und ich lasse allem freien Lauf. Ich habe keine Kontrolle mehr. Ich verstehe selber nicht, was passiert. Es überkommt mich und überwältigt mich. Dann fängt der Text an, ein Mann singt. Was für eine schöne, sanfte Stimme und er singt mit so viel Gefühl und Liebe. Das kann man nur, wenn man so etwas selbst erlebt hat. Das Lied heißt »Hey«, der Sänger ist Andreas Bourani. Es trifft mich mitten ins Herz und tut mir gleichzeitig gut loszulassen. Ich liebe dieses Lied und jeder, der mich kennt, weiß, dass ich eigentlich nur Lieder von Linkin Park wirklich liebe. Der Text ist wie für mich gemacht.

Ich bin so überwältigt von diesem Lied. Es ist so schön und wahr. Es hilft mir sehr. Das ist der Auslöser für meine Besserung. Ich habe es verstanden. Ich bin es, ganz allein ich. Ich habe mir diese Last auf meine Schultern gelegt. Nun habe ich verstanden, dass es weitergeht. Ich muss loslassen und weiterlaufen und mein Leben leben, ohne mich dafür schuldig zu fühlen. Von Tag zu Tag geht es mir besser und ich kann loslassen. Natürlich ist der schmerzliche Verlust meines Vaters bis heute geblieben, aber ich bin wieder frei und habe mir selbst verziehen, meinem Vater natürlich auch.

Ich bin sehr dankbar für dieses Lied. Es brachte die Wende in meiner Gewissensfrage. In meinem Gefühlschaos. Vielleicht habe ich irgendwann die Gelegenheit, Andreas Bourani persönlich für dieses Lied zu danken.

Ich genieße es immer wieder, dieses Lied zu hören, mittlerweile läuft auch nur noch das ein oder andere Tränchen. Einen kompletten Zusammenbruch wie beim ersten Mal bekomme ich nicht mehr. Irgendwann fällt mir auf, dass mein Vater einen Teil dazu beigetragen hat. Vielleicht hält mich der eine oder andere jetzt für verrückt, aber ich weiß, dass mein Vater es mir geschickt hat, damit ich aufhöre, mich schuldig zu fühlen, ich das Ganze nicht mehr so hart sehe, mich besser fühle und einen Weg finde, glücklich weiterzuleben. Was andere über mich denken, ist mir sowieso egal, das ist nicht wichtig für mich. Vor vielen Jahren war es mir besonders wichtig, was andere über mich denken, Anerkennung zu bekommen und geliebt zu werden, gemocht zu werden. Heute bin ich selbstbestimmt und weiß, wer und was ich bin, und nur das zählt im Leben.

Wir sind mit allem verbunden. Ich glaube ganz fest daran, dass mein Vater dazu beigetragen hat, dass Andreas Bourani dieses Lied komponiert hat und singt. Es fühlt sich gut an, daran zu glauben. Ich weiß, dass mein Vater immer bei mir ist, auf mich aufpasst und mich beschützt. Er ist in meinem Herzen und meinem Leben. Ich werde ihn immer lieben, genau wie er mich immer geliebt hat.

Wir sind eins mit dem Universum. Es gibt unzählige Bücher, die das belegen. Heute denke ich so und bin ein positiver Mensch. Ich denke stets optimistisch und glaube an das Gute. Früher, vor vielen Jahren, hatte ich eine andere Art zu denken. Alles war schlecht, die Welt, die Menschen, einfach alles habe ich negativ gesehen. Heute ist das kaum mehr für mich vorstellbar. Ich habe jahrelang nur Schwarz getragen. Heute kann ich Schwarz nicht mehr ertragen. Selbst bei der Beerdigung musste ich mich zwingen, diese Farbe zu tragen. Für mich ist Schwarz heute eher ein Zustand als eine Farbe. Heute trage ich am liebsten helle Farben und Weiß, das spiegelt eher meinen Gemütszustand wider: zufrieden, sanft und glücklich. Die Farben, die ich trage, spiegeln meine Seele.

Ich merkte auch irgendwann, dass ich mir die schlechten Menschen und Arschlochmänner aussuchte. Ich ließ mich leicht beeinflussen und ausnutzen. Gott sei Dank gab es in meinem Leben 2008 ein Schlüsselerlebnis und ich fing an, über mich und meine Freunde nachzudenken. Ich fragte mich damals, warum mir immer wieder das Gleiche passierte. Immer und immer wieder scheiterte ich beim Thema Partnerschaft. Warum klappte es bei mir nicht? Warum verliefen meine Beziehungen nicht wie üblich? Ich begriff, dass ich zur Hälfte selber daran schuld bin. Ich verstand, dass ich mir meine Partner selbst aussuchte. Ich musste meinen Blickwinkel verändern und nach einem anderen Typ Partner Ausschau halten. Ich hörte auf, das Opfer zu sein, oder besser gesagt: mich als Opfer zu fühlen. Ich übernahm Selbstverantwortung. Ich selbst war und bin an meinem Glück und Unglück beteiligt. Ich veränderte mich damals radikal. Meine besten Freunde strich ich aus meinem Leben. Meine beste Freundin hat mir über Jahre versucht einzureden, ich hätte psychische Probleme. Dann wurde mir auf einmal bewusst, dass sie diejenige war, die größte Probleme hatte, nicht ich. Ich veränderte meinen Blickwinkel und meine Art zu denken. Mit meiner Veränderung zog ich auf einmal ganz andere Menschen an. Ich freundete mich mit fröhlichen und lebenslustigen Menschen an, so wie ich es wurde. Keiner gab mir mehr das Gefühl, nicht normal zu sein. Stattdessen erntete ich Zustimmung und Lob für mein Wesen. Meine neuen Freunde sorgten sich um mich und waren phantastisch zu mir. Ich wurde nicht mehr ausgenutzt und manipuliert. Sie akzeptierten mich, wie ich bin, und unterstützten mich. Ein neues und sehr schönes Gefühl. Damals war es auch der Tod, der mich veränderte. Mich zum Nachdenken brachte. Meine Sicht auf mein Leben komplett veränderte. Ich wurde dadurch ein positiv denkender Mensch, ein Sonnenschein kam zum Vorschein und der Miesepeter verschwand. Jeder erntet, was er sät. Wenn ich negativ und pessimistisch denke, was will ich da schon Positives erwarten? Für mich bestätigt sich das jeden Tag aufs Neue. Bin ich positiv, freue mich, bin glücklich, dankbar und zufrieden, dann geht es mir gut. Die Gesellschaft neigt heute doch dazu, zu jammern und sich zu beklagen. Aber auf sehr hohem Niveau. Die meisten sind sich doch gar nicht bewusst, dass wir im absoluten Luxus leben. Ich mache aus allem das Beste. Ich habe den besten Mann, ein Dach über dem Kopf, genügend zu essen, ein Auto, eine tolle Familie und Freunde und wir leben hier in Frieden. Das ist sehr viel mehr, als manch anderer hat.

# 6. Dankbar fürs Leben

Mein Mann war der erste Partner, an dem mein Vater nichts auszusetzen hatte. Er hat nie auch nur ein schlechtes Wort über meinen Mann verloren. Das macht mich besonders glücklich. Bei den anderen, oh Gott, was durfte ich mir da anhören. Irgendwie will man schon, dass der Partner akzeptiert und gemocht wird. Vor Kurzem wurde mir erst richtig bewusst, dass ich sehr froh sein kann, dass mein Vater meine Hochzeit erlebt hat. Wir hatten doch vorher schon um ihn gebangt. Zwei Wochen vor unserer kirchlichen Trauung kam er erst aus dem Krankenhaus. Wir heirateten standesamtlich in Miami Beach und durch die Zeitverschiebung erfuhren wir am Abend vor unserer standesamtlichen Trauung von dem tatsächlichen Ausmaß der Erkrankung meines Vaters. Es war der schlimmste Grad des Tumors und es würde sehr heikel werden, alles zu entfernen, schließlich war er sehr groß. Ich war überglücklich, ihn an unserer kirchlichen Hochzeit dabei gehabt zu haben. Damals war ich wirklich überzeugt, dass alles überstanden ist. Mein Vater hat mich, nein, uns alle in dem Glauben gelassen, alles sei wieder gut und überstanden. Ich glaube, anfangs dachte er auch, dass alles wieder gut wird, er wollte leben und tat alles dafür. Er hat schon immer alles mit sich selbst ausgemacht. Er hat uns nie wirklich alles erzählt. Wie es um ihn stand, wusste nur er selbst haargenau.

Wir hatten zwar unsere Differenzen, doch wusste ich, dass er glücklich darüber war, dass ich endlich meinen Platz im Leben gefunden hatte. Er hat sich für mich gefreut. Ein Vater will seine Tochter gut aufgehoben wissen und das war ich endlich.

Über die Jahre hat er gesundheitlich sehr viel durchgemacht. Von ihm haben wir eine Erbkrankheit, die familiäre Poliposis Coli. Eine Darmkrankheit, bei der im Dickdarm Polypen wachsen, die zu Darmkrebs führen können. Meine Schwester war gerade 20 und ich war gerade 19 Jahre alt, als wir operiert wurden. Im November 1992 waren wir bei der ersten Untersuchung und der Arzt meinte, wir müssten sofort operiert werden, um Schlimmeres zu verhindern. Die Krankheit wäre schon fortgeschritten. Wir hatten gerade erst Geburtstag gehabt und dann eine solche Hiobsbotschaft. Also schlossen wir Anfang Februar unsere Ausbildung mit Erfolg ab und Mitte Februar war es so weit. Meine Schwester war die Erste und ich war am folgenden Tag dran. Wir hatten damals nicht annähernd eine Vorstellung davon, was auf uns zukommen würde. Es war einfach brutal. Mit gerade mal 19 Jahren machte ich mir keine Gedanken um meine Gesundheit, es war selbstverständlich, gesund zu sein. Wer bitte macht sich in diesem Alter Gedanken über den Tod beziehungsweise über eine Krankheit, die zum Tode führen kann? Wir wussten zwar, dass der komplette Dickdarm rausmuss, doch über die Auswirkungen wussten wir nicht wirklich Bescheid. Mein Vater erzählte uns damals nicht alles, so wie er halt war, behielt er gerne Sorgen für sich. Seine Angst um uns war groß und seine Angst, dass wir uns nicht operieren lassen, war noch größer, deshalb zog er es vor, uns im Ungewissen zu lassen. Aus demselben Grund durfte ich nach der Operation meine Schwester nicht sehen. Mein Dad hatte wieder Angst, dass ich das Ausmaß der OP erkenne und kneife. Im Nachhinein bin ich mir sicher, ich hätte wohl nicht wirklich gekniffen, das wäre ja der sichere Tod gewesen. Aber wahrscheinlich hätte ich mir mehr Sorgen gemacht, wenn ich alles im Vorfeld gewusst hätte. Es war eine lange und schwierige OP. Die ersten Tage danach war ich geschockt, halb tot, alles tat mir weh, ich war megaschwach. Ich bekam Morphiumpräparate alle vier Stunden, doch nach zwei Stunden ließ die Wirkung schon nach und die Schmerzen waren höllisch.

Ich habe diese Zeit lange verdrängt, aber ich werde sie nie vergessen und bin so zufrieden, dass ich lebe. Nach den Schmerzmitteln war mir klar, dass ich niemals Drogen auch nur ausprobieren würde. Das Gefühl ist einfach zu extrem. Erst extrem gut und dann extrem schlecht. Es war eine sehr harte Zeit für mich. Meine Schwester war nach gut zwei Wochen wieder zu Hause, natürlich weiterhin krank, sie musste sich schonen und arbeiten durfte sie natürlich auch nicht. Doch bei mir ging so einiges schief. Ich lag über sieben Wochen in der Klinik. Ein paar Tage nach der OP kollabierte mein Körper, ich dachte damals, ich würde sterben. Ich hatte keine Angst, es fühlte sich wie eine Erlösung an. Nach ein paar Tagen ging es mir besser. Die Entlassung stand an, doch meine Werte wurden wieder schlechter und ich fühlte mich erneut sehr schwach. Von Stunde zu Stunde ging es mir schlechter. Mein Zustand war so kritisch, dass mir die Ärzte einen künstlichen Darmausgang legen wollten. Mein Vater kämpfte für mich, er flehte die Ärzte an, noch ein, zwei Tage zu warten. Gott sei Dank hat mein Vater so für mich gekämpft, den künstlichen Darmausgang hätte ich seelisch damals nicht verkraftet, das wäre zu viel für mich gewesen. Er hat das gewusst und alles gegeben, gekämpft wie ein Löwe um sein Junges. Ich bin ihm so unendlich dankbar dafür. Mit einem künstlichen Darmausgang wäre ich überfordert gewesen. Ich hatte dann wirklich Glück: Nach drei Tagen gingen die Werte runter und das hohe Fieber auch. Ich bin halt doch ein Glückskind. Glück im Unglück. Damals bin ich dem Tod ein paar Mal sehr nahe gewesen, seit dieser Zeit habe ich keine Angst mehr vor dem Tod. Wirklich nicht, denn ein paar Mal fühlte er sich eher nach Erlösung an. Danach schätzte ich mein Leben etwas mehr, als andere es für sich tun, doch verflog dieser Hype schnell wieder. In dem Alter vergisst und verdrängt wohl jeder gerne.

Der für mich plötzliche Tod meines Vaters hat mich wieder

daran erinnert, dass es nicht selbstverständlich ist zu leben. Dieses Gefühl ist seitdem geblieben. Ich danke jeden Tag für mein gesundes, glückliches und reiches Leben. Ich bin ein bisschen demütig vor dem Leben geworden. Ich schätze manches und betrachte nichts als selbstverständlich. Ich achte sehr auf meine Bedürfnisse. Ebenso achte ich sehr darauf, was mir guttut. Ich sehe heute vieles mit anderen Augen. Für mein Leben bin ich sehr dankbar. Das vergesse ich nie wieder. Ich möchte das Leben wirklich leben. Ich möchte es nicht verschwenden. Ich will aus dem Hamsterrad ausbrechen, nicht mehr einfach nur funktionieren. Ich traue mich, mutig und stark zu sein und andere Wege zu gehen. Neue Wege zu gehen, ich will keine Angst mehr haben. Keine Angst vor Veränderungen. Diese Erfahrung hat das Gefühl in mir gestärkt, anders zu sein. Das zu leben, was ich selbst will, anstatt nur darauf zu achten, was der andere oder die Familie sich wünscht.

Mein Mann und ich hatten schon vor dem Tod meines Vaters den Entschluss gefasst, nach Florida auszuwandern. Mit seinem Tod wurde diese Entscheidung klarer und fester. Wir dürfen unser Leben nicht verschwenden. Wir erfüllen uns unseren Traum. Geht es nicht genau darum, seinen Traum zu leben und nicht sein Leben zu träumen? Ich kenne das Gefühl nur allzu gut, nicht unterstützt oder mit den Ängsten der anderen belagert zu werden. Ich kenne das Gefühl, wenn keiner an mich glaubt und alle nur versuchen, mich vor Fehlern zu bewahren. Was ist schon wirklich ein Fehler? Wenn wir uns auf etwas einlassen, lernen wir aus jeder Situation das Beste. Und was kann schon wirklich passieren? Wir können alles ändern. Heute macht es mir nichts mehr aus, wenn mich nicht jeder in meinem Denken und Handeln unterstützt. Heute gehe ich meinen eigenen Weg. Ich gebe alles dafür, meine Wünsche und Träume zu erfüllen. Jeder verdient ein gesundes, glückliches und erfülltes Leben.

Die meisten meinen es gar nicht böse, sondern haben selber Angst vor Veränderungen. Angst zu versagen. Es ist ein Schutzmechanismus, anderen Dinge auszureden, die wir selbst als waghalsig ansehen. Jemand will vor Fehlern warnen. Doch was ist ein Fehler? Aus Fehlern lernt man – so heißt es doch. Fehler machen uns stark und wenn wir die Fehler überstanden haben, sind wir durch sie gewachsen. Ich glaube an mich. Ich möchte mich verwirklichen, meinen Herzenswunsch erkennen und meinen wahren Sinn des Lebens entdecken.

Ich verschwende meine Energie nicht mehr, weder an Menschen, die mir nichts bedeuten, noch an einen Job, der mich nicht erfüllt. Das ist ein gutes Gefühl. Ich fühle mich so viel freier.

# 7.  Bist du das, Dad?

Ich hatte bereits geschrieben, dass ich glaube, dass alles mit allem verbunden ist. Davon bin ich felsenfest überzeugt. Es gab unzählige Momente, in denen ich das erleben durfte. Zum Beispiel das Lieblingslied meines Vaters, es lief natürlich auch auf der Beerdigung, »I was made for lovin' you« von Kiss. Nach der Beerdigung war es überall zu hören. Ich hörte es im Radio, es lief in einer TV-Werbung, überall tauchte plötzlich dieses Lied auf. Zuvor hatte ich es noch nie im Radio oder im Fernsehen gehört. Für mich ist das ein Zeichen, dass er bei uns ist. Er teilt mir so mit: Ich bin da. Oder wenn meine Mutter einen besonderen schlimmen Moment hat, dann spüre ich das und rufe sie immer genau in dem Augenblick an, in dem sie glaubt durchzudrehen.

Hinzu kommt, dass mein Vater meiner Mutter schon sehr oft erschienen ist und sie hört ihn auch. Es begann relativ schnell nach seinem Tod und es dauert bis heute an. Heute passiert es nicht mehr so oft, aber er lässt sich immer noch blicken. Hier ein Beispiel: Meine Mutter trägt Hörgeräte. Sie hat ein Entspannungsbad genommen. Von der Badewanne aus kann sie durchs Fenster in den Himmel schauen, dann spricht sie immer zu meinem Vater. Ganz plötzlich hörte sie da seine Stimme laut und bestimmend. Er sagte: »Nimm deine Hörgeräte raus!«

In dem Moment, in dem er das sagte, wollte sie sich gerade die Haare waschen. Hätte sie das getan, wären wohl die Hörgeräte futsch gewesen, denn die sind nicht wasserfest. Sie drehte fast durch und dachte, dass sie jetzt wahnsinnig würde. Alle möglichen Gedanken schossen ihr durch den Kopf. Und genau in diesem Moment hatte ich das Gefühl, sie anrufen zu müssen. Sie weinte, war total aufgelöst und mit der Situation überfordert. Als sie sich etwas beruhigt hatte, erzählte sie mir, was passiert war. Ich versuchte sie zu beruhigen und sagte, dass es doch schön sei, was sie erlebt hatte. Sie solle glücklich und froh darüber sein, dass sie ihn sehen und hören kann.

Anfangs war es sehr schwer für sie, das Ganze zu verstehen und zu akzeptieren. Wobei »verstehen« wohl das falsche Wort ist, es geht wohl eher darum, daran zu glauben. Ich bin fest davon überzeugt, dass die Seele weiterlebt und mein Vater weiter an unserer Seite ist. Während des Telefonats mit meiner Mutter saß ich auf unserer Eckbank am Fenster und sah hinaus. Seit zwei Jahren hängt an diesem Fenster ein Herz, ich liebe Herzen und sammle sie. Plötzlich fiel dieses Herz herunter, während ich mit meiner Mutter sprach. Ich erzählte das meiner Mutter und sagte: »Er gibt mir so ein Zeichen, dass er da ist.«

Am Anfang fiel wirklich viel herunter und tatsächlich Sachen, die eigentlich nicht fallen konnten, meistens Herzen. Hier ein weiteres Beispiel: Mein Mann und ich waren in einem Souvenirgeschäft und ich war bestimmt über ein Meter von einem Weihnachtsschmuckherz entfernt. Ich schaute es nur an, es gefiel mir sehr. Da fiel es herunter und landete direkt vor meinen Füßen. Wir schauten uns an und ich sagte: »Mit freundlichen Grüßen von meinem Vater.«

Mein Mann glaubt nicht an so etwas. Ich aber bin davon überzeugt und das alles sind für mich die besten Beweise.

Und hier ein weiteres Beispiel aus dem Leben meiner Mutter: Sie fährt mit ihrem nagelneuen Auto zum Friedhof, sie möchte meinen Dad besuchen. Nach einer Weile geht sie zum Auto zurück. Sie steigt ein und startet, legt den Rückwärtsgang ein und fährt zurück. Da hört sie wieder die Stimme meines Vaters, er ruft: »Stopp!«

Meine Mutter erschreckt und bremst. Wenn er sie nicht gewarnt hätte, wäre sie in ein anderes Auto gefahren. Er hat sie erneut vor einem Schaden bewahrt. Und genau in diesem Moment habe ich wieder gespürt, dass ich sie anrufen muss. Es ist schon komisch. Ich merke es einfach, wenn sie am Boden ist und mich braucht. Ich muss dann an sie denken und werde unruhig und spüre einfach, dass etwas nicht stimmt bei ihr. Sie war wieder total aufgebracht und weinte. Ich versuchte sie zu beruhigen, was mir nach einer Weile gelang. Mein Vater ist zwar tot, aber doch noch da. Seine Seele lebt weiter und ist auf diese Weise bei uns. Ich bin total überwältigt davon, wie verbunden wir miteinander sind. Wir sind uns so nah, dass wir spüren, wenn der andere einen braucht. Wir sind mit allem verbunden und alles ist eins. Ich glaube fest daran. Wir sind eins mit dem Universum, dazu gibt es auch unzählige Bücher, ich erzähle hier wirklich nichts Neues.

Und auch über den Kronleuchter nimmt mein Vater Kontakt mit meiner Mutter auf und zeigt ihr, dass er noch da ist. Im Wohnzimmer hängt ein wunderschöner Kristallkronleuchter. Und wenn meine Mutter abends auf der Couch sitzt, funkeln die Steine. Es sind immer dieselben Steine und nicht alle, sondern nur ein paar. Sie leuchten besonders hell in Blau und Grün. Das sind, nebenbei bemerkt, meine beiden Lieblingsfarben. Ich habe es leider noch nicht gesehen. Ich habe ihr geraten, das mal zu fotografieren oder – noch besser – zu filmen. So könnte ich dieses Schauspiel auch genießen. Es ist schon verrückt. Aber auch das ist ihr manchmal zu viel und sie sagt dann zu ihm, dass es nun gut sei. Mit einem Schlag hört es dann auf. Als eine Freundin meiner Mutter mal zu Besuch war, wurde sie Zeugin dieses Spektakels. Es ist wirklich wunderschön.

Ich würde ihn zu gern auch mal sehen, um einfach die Bestätigung zu haben, dass es ihm jetzt gut geht. Er hat es verdient, wo auch immer er jetzt ist, dass es ihm gut geht. Ja, ich würde ihn zu gerne sehen! Es wäre schön zu erleben, dass er da ist und weiter an unserem Leben teilnimmt. Wir brauchen immer eine Bestätigung. Uns reicht es nicht zu vertrauen und loszulassen. Nein, wir wollen Beweise, dass es nach dem Tod weitergeht.

Seit dem Tod meines Vaters sitzt meine Mom an seinem Platz am Esstisch, ebenso sitzt sie auf seiner Couch, so fühlt sie sich ihm näher. Sie sitzt sehr oft am Esstisch, das ist ihr Lieblingsplatz geworden, beim Frühstück, beim Essen allgemein und beim Lesen. Ich bin so stolz auf meine Mutter, sie kocht jeden Tag und isst jeden Tag ihre warmen Mahlzeiten. Sie setzt sich an den Esstisch und isst, meistens alleine. Ich bin so begeistert, dass sie das macht. Viele hören auf zu essen, wenn sie plötzlich allein sind, sie können es alleine nicht mehr genießen. Ich habe ihr das auch schon gesagt, dass ich stolz auf sie wäre deswegen. Sie ist wirklich großartig und eine starke Persönlichkeit. Sie ist so viel stärker, als sie selbst glaubt. Ich liebe meine Mom.

Zurück zum eigentlichen Thema. Also, meine Mutter sitzt wie gewohnt auf dem ehemaligen Platz meines Vaters. Von diesem Platz aus hat sie den besten Blick raus auf den Balkon, die Terrasse und den Hof. Sie schaut also nach draußen auf den Balkon, sie fühlt sich beobachtet. Da entdeckt sie in der Ecke des Balkons meinen Dad. Er steht da in seiner ganzen Größe und schaut sie an. Wir telefonieren und sie erzählt mir, als er sah, dass sie ihn sieht, wäre er erschrocken und verdutzt gewesen. Er hätte den Eindruck gemacht, als würde er sich ertappt fühlen. Dann war er auch schon wieder weg. Sie weint und ist wieder total überfordert. Sie sagt, dass sie wohl verrückt wird, den Verstand verliert. Ich überzeuge sie vom Gegenteil und sage, es wäre ein Segen, dass sie das wahrnehmen kann.

Mittlerweile kann sie besser damit umgehen. Am Anfang erzählte sie nur mir davon, später traute sie sich, auch anderen davon zu erzählen. Doch manche belächeln das. Der eine oder andere denkt sich bestimmt, dass die Alte spinnt. Man kann das jedoch nur verstehen und beurteilen, wenn man es selbst erlebt hat.

# 8. Thema Trauer

Es ist kurz vor Weihnachten, die Feiertage stehen vor der Tür. Sehr ungewöhnlich, wenn man trauert. In der Adventszeit ist meine Mutter viel bei uns. Auch jeden Sonntag, ich will, dass sie so wenig wie möglich alleine ist. Für sie sind diese Tage besonders schlimm. Feiertage, Geburtstage, Hochzeitstage, alle diese Tage sind Tage, an denen mein Dad nicht da ist. Ich versuche meiner Mom immer wieder zu erklären, dass diese Tage auch ganz normale Tage sind. Sie haben sicher eine andere Bedeutung, aber mein Vater ist an den anderen Tagen auch nicht da. Sie ist an jedem Tag alleine, ohne ihn. Er ist nicht mehr da! In unserem Leben lebt er nicht mehr als Mensch. Er kommt auch so nicht mehr zurück. Meine Mutter hat nach wie vor große Probleme, das zu akzeptieren. Ich sage es ihr immer und immer wieder: Wir können den Tod leichter akzeptieren, wenn wir ihn annehmen und einverstanden sind. Erkenntnis – so heißt die gesuchte Lösung. Und wir Menschen kommen doch fast nur zur Erkenntnis über den Leidensweg.

Trauer. Ein Wort, mit dem wir uns nur beschäftigen, wenn etwas passiert, was nicht nach unseren Vorstellungen läuft, oder eben wenn wir um einen geliebten Menschen trauern. Trauern kann man wegen vieler Dinge und jeder trauert anders. Manche nehmen es an und bewältigen ihre Trauer, andere zerbrechen daran oder verdrängen sie. Ich habe alles schon erlebt und gesehen. Gott sei Dank konnte ich meine Trauer annehmen und verarbeiten. Wenn man Trauer verdrängt, wird es leider nur noch schlimmer. Da spreche ich aus eigener Erfahrung. Ich habe auch schon das eine oder andere über Jahre, wenn nicht Jahrzehnte verdrängt, doch dann hat es mich irgendwann eingeholt und ich konnte nicht mehr weglaufen oder das Problem beiseiteschieben.

Ich dachte, wenn ich das an mich ranlasse, werde ich daran zerbrechen, doch es zu verdrängen, war im Nachhinein der schlimmere Weg.

Trauer. Was genau ist die Definition dieses Wortes? Bei Wikipedia (das komplette Zitat aus Wikipedia) steht zur Trauer Folgendes: »Der Begriff Trauer bezeichnet die durch ein betrübendes Ereignis verursachte Gemütsstimmung und deren Kundgebung nach außen. Etwa durch den Verlust nahestehender oder verehrter Personen oder Tiere, durch die Erinnerungen an solche Verluste, oder auch zu erwartende Verluste.«

Das Trauern kann aufgrund der zuvor genannten Ursachen auch ein Überwinden von Leid und Schmerz bedeuten.

Des Weiteren habe ich viel über die fünf Phasen der Trauer gefunden von Elisabeth Kübler-Ross:

1. *Phase*      *Leugnen*
2. *Phase*      *Zorn, Wut*
3. *Phase*      *Verhandeln*
4. *Phase*      *Depressionen*
5. *Phase*      *Akzeptanz*

Ich bin mir nicht sicher, ob ich alle Phasen der Trauer durchhabe. Wahrscheinlich habe ich die Phase der Depressionen ausgelassen. Ich kann es nicht genau sagen. Aber ich bin sehr glücklich, dass ich in der fünften Phase angekommen bin. Ich habe den Tod meines Vaters akzeptiert. Meiner Mom wünsche ich so sehr, dass sie das auch irgendwann in naher Zukunft kann. Wenn man da angekommen ist, ist alles so viel leichter zu ertragen.

Ich habe erkannt, dass trauern sehr egoistisch sein kann. Ich bedaure mich selbst, dass ich diesen geliebten Mensch verloren habe. Doch im Fall meines Vaters war es für ihn ein Segen, einfach einschlafen zu dürfen. Wenn es anders gekommen wäre, wenn sein Herz nicht am 24.08.2015 gegen 6:00 Uhr aufgehört hätte zu schlagen, dann hätte er womöglich einen weiten Leidensweg gehen müssen. Ich bin froh für ihn, dass ihm das erspart blieb. Er hat so manches im Leben ertragen und erleiden müssen. Und so hat er doch Segen erhalten und wurde gnädig erlöst. Ich finde es nicht richtig, so egoistisch zu sein, denn im Grunde bemitleide ich mich nur selbst und auf lange Sicht bringt mir das nichts. Es verändert nichts und ich komme nicht weiter. Natürlich ist eine gewisse Art von Trauer nötig, wir müssen nur irgendwann einen Weg dort rausfinden. Ich sage das immer wieder zu meiner Mom. Sie weint immer noch sehr viel. Ich weiß, weinen ist sehr gesund, es entspannt den ganzen Körper und die Seele. Weinen ist auf jeden Fall ein Zeichen von einem seelischen Entspannungsversuch nach einer großen Anspannung. Ich wünsche ihr von Herzen, dass sie einen Weg aus ihrer Trauer findet. Mein Dad hätte gewollt, dass sie weiterlebt und glücklich ist. Er hätte gewollt, dass sie ihr Leben genießt. Da bin ich mir ganz sicher. Menschen, die uns lieben, wollen sicher nur unser Bestes.

Man trauert. Man bedauert. Doch hat es viel mehr mit einem selbst zu tun als mit dem Toten. Man bedauert und bemitleidet sich selbst, weil man den geliebten Menschen verloren hat. Wie gesagt, ich empfinde es als einen Segen, dass mein Vater so sterben durfte. Und bitte nicht falsch verstehen: Natürlich hätte ich ihn lieber noch viele, viele Jahre an meiner Seite gehabt.

Trauer hat viele Gesichter. Im Leben haben wir nicht immer fair gespielt, das kommt am Ende auf uns zurück. Oft hat unser eigenes Verhalten zu Lebzeiten des Toten mit der Art, wie wir trauern, zu tun. Da kommt wie bei mir das schlechte Gewissen hoch. Es kommen viele Erinnerungen hoch. Altes und erst kürzlich Erlebtes. Man hadert mit sich selbst, stellt sich die typischen Fragen. Warum habe ich das getan? Ich denke oft, hätte ich doch das oder dies nur besser oder anders gemacht. Doch genau so, wie es war, war es gut. Das weiß ich heute, es musste so sein, unser Buch war so geschrieben. Alles hat seine Berechtigung. Alles hat seinen Grund. In jedem Moment dachte ich es richtig zu machen. Ich muss einverstanden sein und sagen: Zu diesem Zeitpunkt konnte ich es nicht besser. Ich habe alles getan, so gut ich es in dem Moment konnte. Einverstanden sein. Annehmen. Akzeptieren. Loslassen. Wenn man das Prinzip verstanden hat, geht es vorwärts. Dann noch verzeihen. Wir müssen verzeihen, um wirklich frei zu sein.

Ich habe verziehen. All das, was ich meinem Vater angetan habe, habe ich mir verziehen. All das, was er mir angetan hat, habe ich ihm verziehen. Das war ein harter Kampf mit mir, aber ich habe gewonnen. Niemand ist perfekt. Jeder macht Fehler. Ich auch. Ich versuche jeden Tag, ein besserer Mensch zu sein, alles so gut zu machen, wie ich es eben kann. Ich habe jeden Tag neu die Möglichkeit zu entscheiden, wie ich sein will. Als ich hier ankam, fielen die fast unerträglichen Schmerzen von mir ab. Ich habe meine Trauer verarbeitet und den Tod akzeptiert. Ich denke jeden Tag an meinen Dad, das werde ich immer tun. Ich liebe meinen Dad. Er gehört weiter zu meinem Leben dazu.

Die Weihnachtsfeiertage haben wir gut überstanden. Meine Mutter ist beide Feiertage bei uns und Heiligabend ist sie bei meiner Schwester und ihrer Familie. Es ist das erste Weihnachten ohne meinen Dad und ohne meine Schwester und ihre Familie. Es ist ein komisches Gefühl. Es ist anders. An dem Tod meines Vaters kann ich nichts ändern, doch an der Situation mit meiner Schwester schon. Ich weiß ja, es ist nicht für immer. Ich brauche noch Zeit. Zeit für mich und ohne sie.

Einfach Abstand. Manchmal ist Abstand die beste Lösung. Trotz allem ist es ein ungewöhnliches Weihnachten und ich bin froh, wenn es rum ist. Silvester fahren wir nach Berlin. Wir haben die Tradition, immer über Silvester zu verreisen. Wir lieben es zu verreisen, natürlich aber am liebsten in die USA, das ist unsere Wahlheimat und der Ort, wo wir uns am meisten zu Hause fühlen.

Dieses Silvester also Berlin. Mein Mann war noch nie in Berlin, ich schon ein paar Mal. Wir erleben tolle Tage, schauen uns die wichtigsten Sehenswürdigkeiten an und verbringen die Silvesternacht mit Tausenden von Menschen am Brandenburger Tor. Feiern auf der Straße ist gar nicht meins. Nach vier Jahren wilder Silvesterparty auf der Straße verspricht mir mein Mann fürs nächste Silvester ein romantisches Abendessen und dann eine Party in einem Club. Kein Frieren und Gedränge mehr. Was tut man nicht alles für die Liebe.

Es ist schon komisch, ein neues Jahr zu starten ohne meinen Dad. Er fehlt mir sehr. Manchmal kann ich immer noch nicht wirklich glauben, dass ich ihn nie wiedersehe. Ich wünsche mir, dass das neue Jahr besser wird als das letzte. Ich wünsche mir Frieden, Gesundheit und Gelassenheit, als ich mit meinem Mann auf das neue Jahr anstoße. Meiner Mom wünsche ich, dass sie anfängt, den Tod zu akzeptieren, dass sie weiterlebt. Ich bin stolz auf sie und ich weiß, dass mein Dad es auch ist. Sie hat die letzten Monate gut gemeistert. Die Momente und Minuten, in denen sie denkt, sie schafft das nicht, werden weniger. Sie ist stark, auch wenn sie das meistens nicht selbst sieht und sich unterschätzt. In den letzten Monaten hat sie einiges dazugelernt und ist über sich hinausgewachsen. Ich habe ihr in der letzten Zeit einiges beigebracht. Nun hat sie WhatsApp und schickt fleißig Nachrichten und Bilder in der Weltgeschichte herum. Sie hat ihre eigene E-Mail-Adresse und ihren Computer total im Griff. Meine Mutter ist technisch nie sehr interessiert gewesen und hat das zu Lebzeiten meines Vaters nie geändert. Aber jetzt. Das macht mich schon stolz. Ich habe schon ein paar Mal gesagt: »Siehst du das, Dad? Sie benutzt tatsächlich einen Computer. Sensationell. Das ist fast nicht zu glauben.« Ja, sie wird ihr Leben meistern, davon bin ich überzeugt. Wir haben doch eh keine Wahl, wir müssen unser Leben leben, es bleibt uns nichts anderes übrig. Und am besten machen wir das mit Spaß, Freude, Glück und Lust am Leben. Das Leben ist so kostbar. Ich schätze mein Leben und mache das Beste daraus. Ich lebe jeden Tag, als könnte es mein letzter Tag sein. Jeder sollte jetzt und heute damit anfangen, das zu tun, was er oder sie wirklich will. Jeder sollte seine Träume leben. Nur dann macht das Leben doch wirklich einen Sinn. Jeder sollte sich überlegen, was der Sinn seines Lebens ist, und sich trauen, diesen zu verwirklichen. Die meisten Menschen schieben Träume bis zur Rente auf. Sie denken, dann hätten sie die Zeit und das Geld, sich große Träume zu erfüllen. Doch wer sagt, dass jeder die Rente erlebt? Andere arbeiten viel und gönnen sich wenig, um für die Rente zu sparen, damit sie dann gut leben können. Doch wer sein ganzes Leben nur spart, verprasst sein Geld dann sicher nicht in der Rente. Und nicht jeder erreicht diese Lebensphase. Mein Dad hat keinen einzigen Tag Rente erlebt. Und wenn ich dran denke, wie viel er in seinem Leben gearbeitet hat, wird mir schlecht. In der Gastronomie arbeitet man wesentlich mehr als der Durchschnitt. Von einer 40-Stunden-Woche träumen wir nur. Deshalb sollte jeder jeden Tag genießen und sich etwas gönnen.

Ich sage meiner Mom immer wieder, sie solle nicht sparen. Sie ist schwäbischer Abstammung und hat früh das Sparen gelernt. Sie hat meinen Dad so manches Mal gebremst, nicht so verschwenderisch zu sein, doch er hat das anders gesehen. Sie braucht nicht sparsam zu leben, um uns etwas zu hinterlassen, das finde ich falsch. Es ist ihr Geld, Geld, das unsere Eltern sich hart erarbeitet haben. Deshalb haben sie es auch verdient, es auszugeben. Als Kinder sollten wir kein Erbe erwarten. Wenn am Ende etwas übrig bleibt, können wir uns freuen und Danke sagen. Ich sehe das so. Erleben tue ich es auch anders, da verbieten die Kinder den Eltern, ihr eigenes Geld auszugeben, oder der Vater bekommt 50,00 Euro Taschengeld in der Woche oder, noch schlimmer, wird entmündigt und die Kinder verwalten alles. Abartig, oder? Ich würde mich schämen, wenn ich meine Eltern so behandeln würde. Viele Kinder bevormunden ihre Eltern, wenn diese älter werden. Doch dazu haben sie kein Recht.

Besonders beruflich gesehen sollte jeder etwas finden, das er oder sie liebt, denn dann ist Arbeit keine Arbeit mehr. Ich habe bis jetzt jeden Job, den ich gemacht habe, gemocht, den einen etwas mehr, den anderen etwas weniger. Doch mein Bestes habe ich immer gegeben. Meistens sogar mehr. Wer im elterlichen Betrieb aufwächst und dann noch in der Gastronomie, gibt immer mehr, als er sollte. Doch das wurde von meinen Chefs nicht immer geschätzt beziehungsweise wahrgenommen. Aber warum sollte ich einen Job machen, der mich nicht erfüllt? Für einen Chef arbeiten, der meine Leistung nicht schätzt? Um wenigstens die Abende und Sonntage frei zu haben verließ ich für uns die Gastronomie und arbeitete als Letztes in einer Metzgerei im Verkauf. Es machte mir Spaß. Doch warum sollte ich für einen Hungerlohn in der Metzgerei arbeiten? Meine Energie an einen Betrieb verschwenden, der es gar nicht verdient hat? Ich bin zum Glück aus diesem Hamsterrad ausgebrochen. Zwar habe ich noch nicht zu 100 Prozent meinen beruflichen Platz gefunden, aber ich arbeite daran. Ich vertraue wieder auf mein Bauchgefühl. Das hatte ich in den letzten Jahren verlernt. Wenn ich mir selbst nicht vertraue, wer sollte es dann tun? Wenn man nicht liebt, was man tut, sollte man es ändern, sonst ist es meiner Meinung nach Verschwendung von Lebenszeit.

Ich habe mich manches Mal gefragt, warum mein Dad sterben musste, wenn es andere gibt, die ihr Leben verschwenden. Doch habe ich das gleich wieder gelassen. Denn auf diese Fragen bekomme ich sowieso keine Antwort. Sie machen mein Leben nur unnötig schwer. Vielleicht hat mein Vater alles gelernt, was er in diesem Leben zu lernen hatte. Seine Seele war reif. Und die Verschwender müssen eben noch einiges lernen. Es ist, wie es ist. Ich kann an seinem Tod nichts ändern. Der Glaube hilft mir, dass alles seinen Grund hat. Alles hat einen Anfang und ein Ende. Der Tod gehört nun mal leider zum Leben dazu.

# 9. Schuld! Ein großes Wort!

Schuld! Warum geben wir Menschen uns für gewisse Dinge und Situationen im Leben die Schuld? Wenn es nach Gott geht, gibt es keine Schuld. Er verzeiht uns alles. Es gibt keine Fehler. Wir Menschen legen uns diese Last selber auf. Schulterprobleme haben häufig mit Schuld zu tun. Es heißt nicht umsonst: die Last auf meinen Schultern.

Schuld. Mal schauen, was dazu wieder im Internet zu finden ist. Was wären wir doch heute ohne unser Internet. In der Schulddefinition von Wikipedia fallen Begriffe wie: »Schuld (Ethik), verschiedene ethisch-philosophische Begriffe ...« und »Schuldgefühl (Psychologie), bewusste oder unbewusste Überzeugung, etwas Falsches getan zu haben« oder »Schuld (Strafrecht), im Strafrecht Deutschlands die Vorwerfbarkeit einer Straftat« und »Verschulden, Vorwerfbarkeit eines zivilrechtlichen Delikts«.

(( Das. Sind meine Gedanken.)) Schuld hat also viele Gesichter: Schuld als moralische Bewertungskategorie; Schuld bedeutet im moralischen Sinne einen Verstoß gegen das Gewissen; Schuld als das durch die Tat bewirkte Ergebnis; Schuld als Verantwortlichkeit.

Ich fühle mich schuldig. Ich fühle mich schuldig, weil ich stur war und dachte im Recht zu sein. Was ich meinem Vater vorwarf, tat ich selbst. Selbsterkenntnis ist der beste Weg zur Besserung. Das sagt man doch. Genau deshalb gab ich mir die Schuld.

Wir beurteilen und verurteilen Situationen und Dinge, die wir nicht bewerten sollten. Wir legen uns selbst so große Brocken in den Weg und so große Last auf unsere Schultern, dass wir das Gewicht nicht bewältigen können. Warum tun wir uns das selbst an? Warum geben wir uns selbst die Schuld? Warum fühle ich mich schuldig? Wir werden so groß. Es wird uns so vorgelebt. Man geht so leichtfertig mit diesem Wort um. So schnell sagen die Menschen: »Du bist schuld!« Sind wir uns in diesem Moment wirklich bewusst, was wir da sagen? Welche große Last wir dem anderen auferlegen? Ich glaube, in diesem Moment sind wir uns dessen nicht bewusst. Niemand hat Schuld, alles entsteht aus einem bestimmten Grund und den gilt es anzunehmen. Doch Schuld ist nie einfach abzulegen, nicht so einfach, wie wir sie uns auferlegen.

Ich fühle mich schuldig und weiß nicht, wie ich dieses Gefühl wieder loswerde. Immer wieder sage ich zu mir selbst, ich sei nicht schuldig. Ich versuche dagegen anzugehen. Doch das bringt mich auch nicht weiter. Letztendlich muss ich einverstanden sein und loslassen können. Ich habe gelernt: Je mehr ich etwas loswerden möchte, desto mehr muss ich damit einverstanden sein. Ich sage jeden Tag zu mir selbst: Ich nehme es an und lasse es los. Es ist ein steiniger Prozess, aber ich bin auf dem richtigen Weg.

Ich habe wieder angefangen zu meditieren und beginne meinen Morgen mit Yoga und Sport. Nach einigen Monaten habe ich auch wieder angefangen, mir Zeit für mich zu nehmen. Das ist wichtig. Nach und nach habe ich mir wieder Freiräume geschaffen. Mich selbst darf ich nicht vergessen.

Durch die Meditation habe ich gelernt, wieder mehr bei mir zu sein und mehr auf mich zu achten. Da ich mich ausgiebig um meine Mutter gekümmert habe, blieb weniger Zeit für mich. Ich mache auch angeleitete Meditationen, eine heißt: »Alles, was da ist, darf da sein!« Die mag ich sehr gerne, bei der wird erklärt: Je mehr ich mich darauf konzentriere, etwas loszuwerden, desto weniger werde ich es los. Die Devise heißt »annehmen« und »loslassen«. Hört sich leicht an, ist aber in der Umsetzung etwas zeitintensiver, doch es gelingt mir ganz gut. Mit der Zeit fühle ich mich wieder freier und leichter.

Nach dem Tod meines Vaters müssen wir uns leider noch mit einer anderen Art von Schuld befassen. Er bekam im Jahr 2014 die Diagnose »Prostatakrebs im schlimmsten Stadium«. Mein Vater war sehr akribisch mit seiner Gesundheit, schließlich war er schon früh an Krebs erkrankt. Deshalb ging er mehrmals im Jahr zu allen möglichen Vorsorgeuntersuchungen. Sein Hausarzt erklärte ihm über drei Jahre lang, dass sein hoher PSA-Wert vom Radfahren käme und er sich keine Sorgen machen solle. Erst als ein Freund ebenfalls an Prostatakrebs erkrankte und die beiden sich unterhielten, wurde mein Vater stutzig. Sein Freund sagte nämlich, bei seinem hohen PSA-Wert müsse er sofort zum Spezialisten. Also ließ er sich in der Urologie sofort untersuchen und sein Wert war schon über 14. Ab einem Wert von 4 sollte der Hausarzt den Patienten zum Spezialisten schicken. Die Urologin der Uniklinik riet meinem Vater, gerichtlich gegen seinen Hausarzt vorzugehen, denn was der gemacht hätte, wäre grob fahrlässig gewesen. Danach ging alles sehr schnell, mein Vater wurde zügig operiert. Da der Tumor schon sehr groß war und sich breit verteilt hatte, wurde er zweimal operiert. Er erholte sich recht schnell und es ging ihm bald wieder gut. Im März 2015 stand wieder eine Kontrolle an und die Werte waren wieder erhöht und er hätte im September die nächste Untersuchung gehabt. Man musste bis September mit der Untersuchung warten, irgendwie wäre es wohl früher nicht möglich gewesen, etwas zu sehen. Ich habe keine Ahnung mehr, wieso wir bis September warten mussten. Er war dann immer wieder im Krankenhaus. Einmal mit einer Lungenembolie, da hatte er verdammtes Glück. Meine Mutter hat ihn mit starken Schmerzen ins Krankenhaus gefahren. Ein paar Stunden später hätte er tot sein können. Er hatte trotz allem Glück. Doch ging es ihm sehr schlecht, er hatte keine Kraft mehr. Mental war er angeschlagen. Bei der Kommunion seiner Enkelin war er im Krankenhaus und es brach ihm fast das Herz, nicht dabei sein zu können. Er liebe dieses Kind so sehr, nicht nur weil sie sein einziges Enkelkind war, sondern auch weil sie so besonders ist. Sein bester Freund war jeden Tag für ihn da und versuchte ihm Kraft und Mut zu geben. Mein Vater hatte keinen Lebenswillen mehr. Es war ihm alles zu viel. Er erholte sich aber wieder, seine Lebensgeister kehrten zurück.

Ich habe das alles leider erst nach seinem Tod genauer erfahren. Ob ich diese Selbstvorwürfe irgendwann loswerde, weiß ich nicht. Ich fühle mich deswegen schon sehr mies. Ich war in dieser Zeit leider nicht wirklich für ihn da. Es tut mir heute noch so leid. Wie konnte ich nur so stur und unsensibel sein? Ich war das erste Mal über einen so langen Zeitraum stur. Ich wollte, dass er versteht, um was es geht. Nämlich um mich! Ich stand zu meiner Meinung und zu meinem Recht, mein Leben nach meiner Vorstellung zu leben. Ich dachte, ich hätte das Recht, so zu handeln, hat er doch versucht, mich in etwas hineinzudrängen, was ich nicht wollte. Er akzeptierte nicht, wie ich war, und bezweifelte doch tatsächlich, dass es meine eigene Entscheidung war, so zu heiraten. Er dachte, mein Mann hätte mich dazu überredet. Doch es war mein Wunsch gewesen, ganz romantisch zu zweit in Miami zu heiraten. Und ich würde es immer wieder tun. Für mich war es der perfekte Tag in meinem Leben.

Früher wollte ich auch mal prunkvoll und pompös heiraten. Ich wollte mit dem exklusiven Porsche des Freunds meines Vaters vor die Kirche fahren. Ich wollte eine mächtige Märchenhochzeit. Doch in den letzten Jahren habe ich mich eben geändert, mir sind heute andere Dinge wichtiger als Prunk und Protz. Ich lebe heute auch noch im Luxus, aber ich muss es nicht mehr zur Schau stellen. Ich weiß, wer ich bin. Ich brauche keine Anerkennung und Bestätigung mehr von außen. Mir ging es lediglich um unsere Hochzeit. Am meisten verletzt hat mich, dass er nicht gesehen hat, dass ich ein anderer Mensch geworden bin. Endlich frei, selbstbestimmt und glücklich. Er sah mich nicht, er sah nur das, was er sehen wollte. Das hat mir sehr wehgetan. Er konnte so ein liebevoller und fürsorglicher Vater sein, doch ebenso konnte er bestimmend sein.

Zurück zur Schuld am Krankheitsverlaufs meines Vaters. Die Urologin meines Vaters meinte, es hätte gute Alternativen geben können, wenn sie Jahre früher gehandelt hätten. Mein Vater vertraute dieser Frau und fühlte sich bei ihr in guten Händen. Er ließ sich beraten und überlegte lange, ob er klagen möchte. Erst zwei Wochen vor seinem Tod entschied er sich dafür und unterschrieb bei seinem Anwalt die Vollmacht und erhob Anklage. Mein Vater hat von seinem Hausarzt ein Schuldeingeständnis, das ist ein Vorteil, damit hat er gute Chancen. Mit dem Tod meines Vaters liegt es nun in den Händen meiner Mutter, dies fortzuführen. Wir teilten dem Anwalt seinen Tod mit und erklärten, dass wir die Klage in seinem Interesse weiterführen möchten. Es geht uns nicht um das Schmerzensgeld, sondern um Gerechtigkeit und um das Verhalten dieses Arztes. Sein Hausarzt hat nun mal grob fahrlässig gehandelt. Er hat den hohen PSA-Wert immer mit dem Radfahren entschuldigt. Ja, mein Dad fuhr viel, aber von einem Profi war er weit entfernt. Dass wir diesen Arzt verklagen, hat er verdient. Er wusste sofort nach der Biopsie, wie es um meinen Vater steht. Er hat mitbekommen, dass er sterben wird, und es gab dennoch nie eine Reaktion. Nie ein einziges Wort, nie eine Entschuldigung. Nie ein Wort der Reue oder des Mitgefühls. Als wäre ihm das Leben seines Patienten total egal. Er war jahrelang ein Stammgast meiner Eltern, wir richteten viele Familienfeiern aus. Es war ein freundschaftliches Verhältnis zwischen ihnen und ihm. Ich finde, das macht die Sache noch schlimmer. Darum war der Schock auch so groß, dass er so leichtfertig mit dem Leben meines Vaters umgegangen war. Mein Vater war sehr sorgfältig mit seiner Vorsorge und Nachsorge gewesen. Er hatte schon genügend Bekanntschaft mit dem Krebs gemacht.

Ein paar Jahre zuvor hatte er einen schlimmen Mandeltumor, den er besiegt hat – allein mit Homöopathie. Natürlich ließ er den Tumor operativ entfernen, doch die Nachbehandlung kam für ihn nur mit Homöopathie infrage. Er hätte seinen Geschmackssinn bei der Bestrahlung und der Chemotherapie verloren, das wollte er auf keinen Fall. Lebensqualität war ihm damals schon wichtig. Er war ein Genießer und mit Leib und Seele Koch, nichts mehr zu schmecken, war für ihn undenkbar. Damals hielten ihn die Ärzte für verrückt und gaben ihm ohne Chemotherapie und Bestrahlung maximal ein Jahr. Er war schon eine starke Persönlichkeit. Mein Dad war ein Kämpfer und wäre er früher operiert worden, hätte er den Prostatakrebs auch besiegt. Seine Lebensqualität war ihm sehr wichtig, deshalb entschied er sich bei der Prostatageschichte auch für die eingeschränkte Weise. Mir war das leider nicht klar und ich erfuhr erst sehr spät von dem vollen Ausmaß seiner Krankheit. Mein Vater war halt ein Mensch, der alles Schlechte von uns fernhalten wollte. Er hat bis kurz vor Schluss versucht, uns zu schützen und stark vor uns zu sein. Ich wünschte, ich hätte alles gewusst, dann hätte ich vieles anders gemacht. Leider ist man im Nachhinein immer schlauer.

Parallel zu seiner Krankheit fand meine Hochzeit statt. Am Abend vor der standesamtlichen Trauung erfuhr ich, dass mein Dad den schlimmsten Tumorgrad hat und es wohl etwas komplizierter werden würde. Damals war ich in einer Zwickmühle. Auf der einen Seite wollte ich stur sein und unsere Hochzeit gestalten, wie mein Mann und ich es wollten. Auf der anderen Seite war mein Dad todkrank und ich wusste noch nicht einmal, ob er unsere kirchliche Hochzeit erleben würde. Ich machte mir große Sorgen. So nahe sind sich Glück und Unglück manchmal. Es war eine Zerreißprobe für mich. Mein Mann und ich heirateten trotzdem wie geplant und mein Vater kam zwei Wochen vor der kirchlichen Trauung aus der Klinik. Jeder, der ihn an diesem Tag sah, konnte kaum glauben, was er die letzten zwei Monate durchgemacht hatte. Er war einfach ein Kämpfer. Man sah ihm nichts an. Eine großartige Leistung von ihm. Deshalb hatte ich auch keine Zweifel daran, dass alles überstanden ist. Er hatte einen starken Willen und doch ist er gestorben. Man denkt immer, die eigene Familie stirbt nie. Wir sind unsterblich. Jedenfalls dachte ich das und wurde eines Besseren belehrt. Man beschäftigt sich erst mit dem Tod, wenn es einen trifft. Doch dann trifft es einen so hart, dass man den Boden unter den Füßen verliert. So war es bei mir.

## 10. Ein ganzes Jahr

Irgendwie habe ich das Gefühl, die Zeit rennt förmlich davon. Nun ist fast ein Jahr rum und wir müssen uns um das Grab kümmern, damit mein Vater zum Einjährigen ein schönes Grab hat. Meiner Mutter ist auf dem Weg zum Friedhof beim ansässigen Steinmetz ein Grabstein aufgefallen. Wir vereinbaren einen Termin und besprechen alles Weitere. Es wird ein unbehandelter Naturstein in der Form eines Berges. Ich weiß sofort, dass der Stein der Richtige für meinen Dad ist. Wie für ihn gemacht. Mein Dad liebte es, die Berge mit dem Rad zu erklimmen. Er liebte die Berge und ist dort auch gestorben. Wir entscheiden uns schnell und regeln alles problemlos. Zu seinem ersten Todestag ist das Grab gerichtet.

Es ist ein bedrückendes Gefühl, den Stein zu bestellen und das Grab herzurichten. Ich kann es immer noch nicht glauben, dass ich meinen Vater wirklich nie wiedersehen werde. Irgendwie ist eine Sperre in meinem Gehirn, die verhindert, dass ich das zu 100 Prozent akzeptieren und verstehen kann. Bis heute habe ich noch seinen Kontakt in meinem Handy. Ich bringe es nicht fertig, ihn zu löschen. Es fühlt sich an, als würde ich ihn damit endgültig löschen. Eigentlich doof, ich weiß. Trotzdem fühlt es sich falsch an, ich kann es einfach nicht. Wie ein kleiner Verrat fühlt es sich an. Ich weiß natürlich, dass ich ihn nicht aus meinen Erinnerungen lösche, sobald ich den Kontakt lösche. Aber ich bringe es trotzdem nicht übers Herz, also bleibt er.

Mittlerweile geht es mir wieder recht gut. Ich habe mein schlechtes Gewissen, die Schuld und diese tiefen Schmerzen überwunden. Nach einem steinigen Weg habe ich wieder zu meinem inneren Frieden gefunden. Ich bin wieder in meiner

Bahn und die ganz großen Fragen aus der Trauerphase habe ich für mich beantwortet und hinter mir gelassen. Diese Situation habe ich gelernt anzunehmen und das Beste daraus zu machen. Was anderes blieb mir sowieso nicht übrig. Mein Leben ging weiter, ob ich wollte oder nicht. Es ist mein Recht, ein glückliches Leben zu führen. Das hätte sich mein Dad sicher für mich, für uns alle gewünscht.

Ich fahre zu meiner Mom, sie hat die Nachricht bekommen, dass das Grab zur Bepflanzung fertig ist. Zu seinem ersten Todestag soll alles schön sein. Im Blumengeschäft lassen wir uns beraten und bepflanzen das Grab. Der Stein und die Umrandung sind wirklich sehr schön und passen hervorragend zusammen. Alles ist einfach perfekt. Meine Mom und mein Dad hatten das letzte Jahr seines Lebens viel über den Tod gesprochen und wie er beerdigt werden möchte. Er hatte sich ein öffentliches Begräbnis gewünscht, eine Sargbestattung und hatte seinen Lieblingswein für die Trauerfeier bestimmt. Er hatte schon immer klare Vorstellungen von seinem Leben und wie alles zu laufen hat. Meine Mutter hat alle seine Wünsche erfüllt. Heute würde sie einiges anders machen. Na ja, es war sein letzter Wille und den erfüllt man natürlich.

24.08.2016. Heute ist also der Tag. Schon beim Aufstehen habe ich einen Kloß im Hals. Ich muss mit der Fassung kämpfen, es ist trotz allem sehr schwer, eine gewisse Trauer bleibt wohl immer. Es ist tatsächlich schon ein Jahr her. Wie schnell doch die Zeit vergeht. Wir fahren zu meiner Mom. Meine Schwester und ihre Familie sind auch da. Seit unserer Funkstille ist dies das dritte Wiedersehen. Die Distanz hat gutgetan. Ich fühle mich wieder wohl in ihrer Nähe. Wir gehen alle zusammen auf den Friedhof. Wir nehmen uns bewusst Zeit. Jeder sagt, dass das Grab wirklich sehr schön geworden sei und der Stein perfekt zu meinem Vater passen würde. Ich habe ein gutes

Gefühl am Grab. Es fühlt sich an, als hätte er seinen Frieden gefunden. Das macht mich glücklich.

Danach gehen wir zu meiner Mom nach Hause und bleiben bis spätabends. Es ist schön, bei der Familie zu sein. Trotz allem genieße ich die Zeit mit meiner Familie.

Ein ganzes Jahr ist vorbeigezogen wie im Fluge. Es gab so viel Neues zu tun. Nicht nur die Trauer, sondern der ganze Papierkram, das ist der Wahnsinn, was man alles machen und beantragen muss. Die Häuser, um die wir uns kümmern müssen. Die Lücke, die mein Vater hinterlassen hat, ist schon sehr groß. Ich glaube nicht, dass sie jemals wieder gefüllt wird.

Die Tage sind in der letzten Zeit wieder sehr schwer für meine Mom. Der Geburtstag meines Vaters, ihr Hochzeitstag und sein Todestag fallen innerhalb drei Monate. Im Juni hätte er seinen 65. Geburtstag, im Juli hätten sie den 45. Hochzeitstag gehabt und im August war nun sein erster Todestag. Das hat sie wieder aus der Bahn geworfen. Das ist zu viel für sie. Für meine Mutter sind diese Tage besonders wichtig und sie leidet darunter, dass mein Vater nicht mehr an ihrer Seite ist. Ich habe alles Mögliche versucht, um ihr zu helfen, mit allem besser klarzukommen. Doch den Weg muss sie selbst gehen. Letztlich kann man sich nur selbst helfen und die Trauer überwinden. Meiner Meinung nach gibt sie diesen Tagen viel zu viel Bedeutung, denn auch an allen anderen Tagen ist er nicht da. An jedem Tag im Jahr ist er nicht da. Leider, traurig, aber wahr. Jeder Mensch ist anders, der eine braucht länger, der andere kommt nie damit klar. Das kenne ich auch aus dem Bekanntenkreis gut. Menschen, die den Tod verdrängen oder eine gefühlte Ewigkeit damit hadern und nicht im Geringsten den Verlust akzeptieren können.

Meine Eltern waren eng miteinander verbunden. Sie waren 30 Jahre zusammen selbständig und hatten davor schon in den gleichen Betrieben gearbeitet. Das muss man erst mal aushalten: zusammen arbeiten und dann zu Hause auch noch gemeinsam leben. Diese ständige Nähe ist eine starke Kraft, sie schweißt zusammen. Natürlich hatten auch die beiden ihre Höhen und Tiefen, doch sie blieben ein Paar. Meine Eltern haben sich im Job kennengelernt. Mein Vater hatte ein Vorstellungsgespräch und meine Mutter arbeitete schon im Betrieb. Bei beiden war es Liebe auf den ersten Blick. Es war im Löwen in Breitnau, wir haben immer noch Kontakt und fühlen uns jedes Mal sehr wohl. Seit Dads Tod geht sie wieder öfter hin, sie fühlt sich ihm dort so nah. Wir reden dann über die alten Zeiten und lachen viel. Wie witzig, gerade fällt mir ein, dass meine Schwester ihren Mann auch bei der Arbeit kennengelernt hat und ich meinen ebenfalls.

Ich kann gut verstehen, dass meine Mutter leidet. Von Herzen wünsche ich ihr, dass sie irgendwann annehmen und akzeptieren kann, was geschehen ist. Ich habe insgeheim die Hoffnung, dass ihr dieses Buch hilft.

Die Stabilität, die ich mir in den letzten Jahren aufgebaut hatte, zerbrach ein Stück weit mit dem Tod. Von einer Minute auf die andere veränderte sich mein ganzes Leben. Es war ein einschneidendes Erlebnis. Ich kann es wirklich nur schwer in Worte fassen, was ich fühle. Was der Tod aus mir gemacht hat. Indem ich meine Gedanken aufschreibe, versuche ich mich neu zu ordnen und mein Gefühlschaos klarzubekommen. Und das Schreiben hat noch einen Vorteil: Es macht mich frei. Ich kann all meine Gefühle und Gedanken aufschreiben, ohne dass ich jemanden damit belasten würde. Papier ist geduldig. Es widerspricht nicht. Es urteilt nicht. Es ist unheimlich wichtig für mich, alles aufzuschreiben, nichts zu vergessen. Am Anfang hatte ich Angst zu vergessen, wer mein Vater war und was er mochte. Ich hatte Angst, dass ich seine Persönlichkeit mit der Zeit vergesse. Ich dachte immer wieder an ihn und versuchte, alle Erinnerungen am Leben zu halten. Manche Sachen habe ich wirklich vergessen, ich kann mich zum Beispiel nicht mehr erinnern, was seine Lieblingsfarbe war. Wobei das sicher nicht so wichtig ist. Das Wichtigste werde ich jedenfalls nie vergessen: ihn. Ich werde nie vergessen, wer er war. Ich werde nie sein Lächeln, seinen Charme und seine Witze vergessen. Er liebte es, Witze zu erzählen. Und ich ertappe mich immer wieder dabei, wie ich den einen oder anderen seiner Lieblingswitze erzähle. Das Schreiben hilft mir, loszulassen. Es hilft mir, meinen Gedanken und Gefühlen freien Lauf zu lassen. Schon lange oder vielleicht noch nie ist mir etwas so leichtgefallen wie das Schreiben.

Am Anfang hat jeder für die Betroffenen ein Ohr. Alle fragen und wollen dir helfen. Doch nach einer Zeit, ein paar Wochen, Monaten haben die meisten das Thema abgehakt. Jeder lebt sein Leben weiter. Der Kreis, mit denen man noch über den Verlust reden kann, wird kleiner und kleiner. Das soll kein Vorwurf sein, bitte nicht falsch verstehen, es ist nur eine Feststellung. Meiner Mutter zeige ich natürlich selten, dass auch ich leide und traurig bin. Sie hat schon genug mit sich zu tun, da muss ich ihr nicht noch meine Gefühle zumuten. Es ist doch auch normal, dass alle ihrem gewohnten Leben nachgehen. Ich bin noch nicht ganz bereit, wieder in mein normales Leben zurückzukehren. Ich brauche noch Zeit. Zeit für mich. Zeit, mich wiederzufinden und mich neu zu definieren. Ich brauche Zeit, um herauszufinden, was ich will. Ich frage mich immer mehr, was mein Sinn im Leben ist. Wofür bin ich hier? Was ist meine Aufgabe? Was soll ich beruflich tun? Für die Antworten auf all diese Fragen brauche ich Zeit. Ich habe eine wahnsinnige Sperre in mir, wieder arbeiten zu gehen. Ich kann nicht. Nur bei dem Gedanken daran, arbeiten zu müssen, wird alles in meinem Hals eng und ich habe das Gefühl, keine Luft zu bekommen. Ich kann momentan nicht. Zu viele Jahre habe ich zu viel gegeben. Ich bin ausgebrannt, ausgelaugt und nicht in der Lage, einen Job zu erfüllen. Deshalb nehme ich mir diese Auszeit. Mein Mann unterstützt mich und übt keinerlei Druck auf mich aus, das erleichtert mich ungemein. Den ein oder anderen Spruch muss ich mir von meinem Umfeld deswegen anhören, aber das ist egal. Heute spricht doch jeder von Work-Life-Balance. Meine work-life-balance war aus dem Gleichgewicht gekommen. Hauptsächlich durch die Zeit für mich gelingt es mir, nach und nach wieder in meine innere Balance zu kommen. Ich meditiere viel, mache Sport, sehr viel Yoga und nehme mir viel Zeit für mich. Ich bin gern allein und habe das Glück, mich dann nicht einsam zu fühlen.

Es gibt leider kein Patentrezept für die Trauerbewältigung. Ich habe für mich gemerkt, dass mir Trauerbücher, die mir sagen, in welcher Phase ich gerade stecke, nichts bringen. Ebenso wenig wie ein Psychiater, bei dem ich eine Stunde sitze, meine Gefühlswelt richtig auf den Kopf stelle und der mir dann sagt, dass die Zeit um sei. Danach fühle ich mich noch mehr allein.

Jeder Mensch ist einzigartig und jeder muss für sich einen Weg finden. Lebenserzählungen haben mir schließlich am meisten geholfen, von Menschen mit ähnlichen Geschichten, einem ähnlichen Schicksal. Ehrliche, offene Worte von anderen gaben mir das Gefühl, dass ich nicht alleine bin. Es fühlte sich vertraut an und so fühlte ich mich wohl. Ich fühlte mich verstanden. Ich begriff, dass ich nicht der einzige Mensch auf der Welt bin, der so sehr trauert und leidet. Das gab und gibt mir den nötigen Raum, den ich brauche. Es gibt mir das Gefühl, dass ich so sein darf, wie ich bin. Traurig. Verzweifelt. Chaotisch. Wenn ich so sein darf, wie ich bin, fühle ich mich am wohlsten. Wenn ich meine Gefühle nicht verstecken muss, nur weil mein Gegenüber nicht mit meiner Trauer umgehen kann, dann ist alles gut.

In den letzten Monaten habe ich mich zurückgezogen. Ich unternehme nicht mehr so viel. Ich verbringe nach wie vor die allermeiste Zeit mit meinem Mann und viel Zeit mit meiner Mom. Den Rest der Zeit brauche ich fast ausschließlich für mich. Ich bin gern allein, jedoch fühle ich mich nie einsam. Ich möchte mich bewusst nicht ablenken, sondern mich ganz auf mich konzentrieren. Jahrelang habe ich mich abgelenkt und bin sprichwörtlich davongelaufen. Das ist nun vorbei, ich habe mich entschieden, die Trauer bewusst zu verarbeiten. Das letzte Jahr hat mich verändert. Mir sind heute andere Dinge wichtig als früher. Ich habe mich auch von ein paar Dingen und Menschen verabschiedet, die einfach nicht mehr zu mir passen. Trauer ist eine Reise und wenn wir uns darauf einlassen, verändert sie uns. Ich bin ruhiger, gelassener, noch positiver und dankbarer geworden. Ich will Spaß in meinem Leben haben und nur noch Dinge tun, die mich glücklich machen. Ich bin sanfter, liebevoller, stärker und auch selbstsicherer geworden. Ich habe die Angst verabschiedet. Ich lasse mich nicht mehr einschüchtern, weder von irgendeiner Form der Angst noch von irgendeinem Menschen. Es sind die schwachen Menschen, die versuchen, uns starke Menschen niederzudrücken und kleinzuhalten. Sie versuchen mit Macht, uns in Schach zu halten. Nach einer solchen Erfahrung gibt es, wie ich finde, nur zwei Möglichkeiten: Entweder wir zerbrechen daran oder wir wachsen daran – aufgeben oder glücklich weiterleben. Für mich kommt nur glücklich weiterleben infrage. Nicht aufgeben. Nicht hängen lassen. Nicht in Selbstmitleid aufgehen. Nicht jammern. Sondern kämpfen, den Schmerz ertragen. Ich muss diesen Schmerz einmal ganz tief fühlen, um ihn loslassen zu können. Ich muss durch den Schmerz gehen, und zwar ganz und gar. Wenn ich diesen Weg durchgestanden habe, bin ich auf der anderen Seite angekommen. Ich kann mit Stolz zurückschauen und sagen, dass ich es geschafft habe. Ich darf glücklich weiterleben, das hätte mein Vater sicher gewollt.

Es ist wichtig, an mich zu glauben, an die Menschen zu glauben. Ich finde den Glauben wichtig. Er hilft mir, sicher durchs Leben zu kommen. Nicht zu hadern mit meinem Leben und dem Rest der Welt. Ich habe in dieser Zeit der Trauer gelernt, einverstanden zu sein, das Leid anzunehmen und es loszulassen. Ich habe wieder gelernt, auf mich zu hören, auf mein Bauchgefühl zu vertrauen. Auf meine Bedürfnisse zu achten und mich an erste Stelle zu stellen. Wenn es mir gut geht, geht es meinem Mann gut und andersherum genauso.

Ich habe jahrelang vergessen, auf meine Bedürfnisse zu achten und gut für mich zu sorgen. Ich war damit beschäftigt, es allen recht machen zu wollen. Ich wollte die Erwartungen der anderen erfüllen, doch was ich für mich wollte, hatte ich vergessen. Glücklich war ich damals nicht. Ich höre nun auf meinen Körper, er zeigt mir genau, was er braucht und will und was nicht. Ich vertraue wieder meinem Gefühl und brauche keine Bestätigung von anderen, ob es richtig ist, was ich mache. Wenn ich mir selbst nicht vertraue, wem denn dann? Ich vertraue mir. Nur ich weiß, was wirklich gut für mich ist. Nur ich kann entscheiden, was ich brauche, um glücklich zu sein. Durch den Tod meines Vaters habe ich die Karten für mich neu gemischt, bin neue Wege gegangen und habe nun keine Angst mehr vor Veränderungen.

Dennoch, auch mir bleibt manchmal etwas nicht erspart. Heute muss ich ein unangenehmes Telefonat führen, auf das ich so gar keine Lust habe. Ich habe mich lange um dieses Telefonat herumgedrückt, doch nun habe ich keine Wahl mehr. Es geht um eine Freundin. Ich wollte die Freundschaft langsam auslaufen lassen, ohne Konfrontation, ich weiß, dass sie mich nicht verstehen wird. Wir sind schon lange nicht mehr auf einer Wellenlänge, doch hatte ich bisher nicht den Mut, es ihr zu sagen. Wobei »Mut« eigentlich das falsche Wort ist. Manche Menschen vertragen Wahrheit und Kritik eben nicht, dann ist es besser oder einfacher zu schweigen. Die Freundin spricht mich nun direkt drauf an und ich muss ihr meine Meinung sagen. Es passt schon lange nicht mehr zwischen uns. Ich fühle mich aber irgendwie noch verantwortlich für sie, sie war mir sehr wichtig und ich liebe sie wie mein eigenes Kind. Ich tat jahrelang alles für sie und wollte deshalb die Verbindung nicht komplett abbrechen. Ich will einfach nicht mehr so viel Kontakt, vielleicht noch ein paar Mal im Jahr. Ganz will ich sie nicht streichen. Es liegt auch daran, dass sie mich viel zu viel an eine Bekannte erinnert, mit der ich gar nichts mehr zu tun haben möchte. Mit ihr habe ich schon vor Jahren den Kontakt abgebrochen und ich sehe das heute noch als die beste Entscheidung an, die ich treffen konnte. Mein Mann mochte diese Frau noch nie und hat mal nach einem ersten Zusammentreffen zu mir gesagt: »So eine ist der Grund, warum ich dich wollte und keine so junge Frau mehr, diese Zicken brauche ich nicht!« Mein Mann ist 13 Jahre jünger als ich. Ich finde, da hat er mir ein sehr schönes Kompliment gemacht.

Wir entwickeln uns mit der Zeit weiter und manchmal sind wir weiter als der andere, dann müssen wir für uns selbst entscheiden, was zu tun ist: bleiben oder gehen. Im schlimmsten Fall läuft die Freundschaft auseinander. Ich habe das Recht, jeden Tag neu zu entscheiden. Das ist die ganz normale Evolution. Ich sage immer: Wir treffen bestimmte Menschen und im besten Fall profitieren beide voneinander. Wenn die Zeit vorbei ist, geht man eben getrennte Wege. Ich finde das nicht schlimm. Natürlich treffe ich solche Entscheidungen nicht leichtfertig, es ist schon alles gut überlegt. Es gibt auch in einer Freundschaft wie in einer Liebesbeziehung gute und schlechte Zeiten, gar keine Frage, und deshalb würde ich nie leichtfertig eine Beziehung oder Freundschaft beenden. Aber wenn ich merke, dass der andere Mensch und ich grundverschieden geworden sind und ich bei vielen Dingen komplett anders denke und handle, dann passt es eben nicht mehr und dann ist es Zeit, zu gehen. Eigentlich führe ich solche Gespräche nicht am Telefon, das finde ich zu unpersönlich, doch die Bekannte lässt mir keine andere Wahl. Sie spricht mich direkt an und ich versuche es so gut und schonend wie möglich zu erklären. Wie erwartet beleidigt sie mich von A bis Z und versucht mich zu beeinflussen, damit sie bekommt, was sie will. Ich bleibe ruhig und sachlich. Wir sind zu unterschiedlich und es passt nicht mehr. Das liebe Kind, das sie mal war, ist sie leider nicht mehr, mir fehlt sehr oft das Herz. Sie meint, ich solle mich mal meinem Alter entsprechend verhalten und mich nicht meinem Mann anpassen. Das ist geradezu lächerlich. Sie versteht mich nicht und versucht mich umzustimmen. Als ihr das nicht gelingt, legt sie einfach auf. Es fühlt sich an wie ein kleiner Befreiungsschlag, nun habe ich es hinter mir und ich fühle mich noch ein bisschen freier.

Ich finde, ich habe das Recht zu entscheiden. Nicht immer ist jeder damit einverstanden, aber ich höre auf mich und mein Herz. So treffe ich die richtigen Entscheidungen.

# 11. Inspiration

Zum Schreiben animiert und inspiriert wurde ich durch verschiedene Dinge. Eine Inspiration war der Film »Ein ganzes halbes Jahr« gewesen. So ein wunderschöner Film, der einem nahegeht und einen berührt. Ich habe erst den Film gesehen und dann das Buch verschlungen. Großartig! Dies zu lesen, kann ich nur jedem empfehlen. Eine der besten Lebensgeschichten, die ich jemals gelesen habe. So tief berührt wurde ich selten.

Als der Film in die Kinos kam, traute ich mich nicht ins Kino. Ich wusste allein durch die Vorschau, wie sehr mich dieser Film berühren würde. Ich hatte zu viel Respekt vor meiner Reaktion auf den Film. Ich war noch nicht so weit, nochmals so tief zu fallen. Es gab einige Parallelen zu meinem Leben. Aber ich wusste ganz genau, irgendwann werde ich diesen Film sehen. Alles zu seiner Zeit.

Der 30. Geburtstag meines Mannes steht vor der Tür. Ich finde, der 30. Geburtstag ist etwas Besonderes. Natürlich ist jeder Geburtstag etwas Besonderes und mein Mann und ich feiern auch jeden. Aber mein 30. war für mich damals etwas sehr Besonderes, deshalb will ich diesen Tag für meinen Mann besonders schön gestalten. Wir fliegen ein paar Tage nach Las Vegas und ein paar Tage nach Los Angeles. Wir feiern seinen Geburtstag gebührend in unserer Wahlheimat. Aufgeregt und voller Erwartungen fliegen wir wie immer von Frankfurt aus. Es ist ein langer Flug, leider haben wir keinen Direktflug mehr bekommen, wir hatten zu kurzfristig gebucht. Trotz allem hat es geklappt. Ich bin so glücklich, endlich wieder in die Staaten zu fliegen. Dieses Land ist und bleibt meine Wahlheimat, ich habe immer große Sehnsucht danach. Meinem Mann geht es genauso.

Als wir im Flieger sitzen, checkt mein Mann sofort das TV-Angebot. Es sind neun Stunden Flug nach Chicago, dort steigen wir um nach Las Vegas. Aus den Augenwinkeln sehe ich auf seinem Bildschirm den Film »Ein ganzes halbes Jahr«. Ich zucke kurz zusammen. Soll ich mir diesen Film wirklich hier anschauen? Ist hier der richtige Rahmen dafür? Ich weiß, dass mich der Film in die Knie zwingen wird und ich die Fassung verlieren werde. Den Flug über spielen wir und unterhalten uns über alles Mögliche. Ein, zwei Filme sind aber Pflicht, denn die Auswahl ist immer aktuell. Also entscheide ich mich ziemlich spät, doch den Film zu schauen. Natürlich reicht die Zeit nicht und ich sehe nur drei Viertel des Filmes, leider kann man nicht bis zum Ausstieg TV schauen. Als die Stewardessen die Kopfhörer einsammeln, bin ich enttäuscht. So gern hätte ich zu Ende geschaut. Nun gut, das ist jetzt der einzige Grund, mich auf den Heimweg zu freuen. Ich werde den Film sofort auf dem Rückflug anschauen. Normalerweise freue ich mich nicht, nach Hause zu fliegen. Wir lieben Amerika und würden beide am liebsten direkt dort bleiben.

Die lange Flugzeit entschädigt sofort, wenn man aussteigt und phantastische Aussichten auf einen unvergesslichen Urlaub hat. Wie immer haben wir einen super Urlaub. Es ist traumhaftes Wetter und in Kalifornien ist es immer noch über 40 Grad warm. Wir lieben die Wärme und die Sonne, wir sind ganz andere Menschen, wenn die Sonne scheint und es warm ist. Der Winter ist für uns beide nichts. Wir genießen die Tage in vollen Zügen. Wir sehen den Grand Canyon, diese Berge sind mit das Beeindruckendste, was ich je gesehen habe. Wir stehen an der Aussichtsplattform und sind überwältigt. Mein Mann steht natürlich ganz vorne und ich kriege die Krise. Dort ist keine Absperrung, was ich wirklich nicht verstehe. Wenn dort jemand ausrutscht, fällt er Hunderte von Kilometern tief. Die Leute sitzen direkt an der Kante mit baumelnden Füßen und filmen und fotografieren. Das ist mir zu viel, so nahe brauche ich das nicht.

Wir fahren vier Stunden hin und die gleiche Zeit zurück, aber das ist es absolut wert. Wir zocken und essen im Bellagio und Cesare Palace, das ist schon etwas ganz Besonderes. Wir essen eines der besten Steaks, die wir je gegessen haben. Dry aged Steak vom Wagyu-Rind – die Amis verstehen schon was von Fleisch. Megagenial, wenn ich heute daran denke, schmecke ich es noch und mir läuft das Wasser im Munde zusammen. Die meisten denken, es gibt nur Fast Food in den Staaten. Das stimmt natürlich nicht, es gibt wahnsinnig viele phantastische Restaurants und eine große kulinarische Vielfalt. Ich lege großen Wert auf Qualität und gebe heute monatlich mehr Geld für Lebensmittel aus als für Kleidung. Das war früher anders, da war es mir wichtiger, exklusive Marken zu tragen und in einer gewissen Liga mitzuspielen. Heute ist mir das mehr oder weniger egal. Natürlich trage ich immer noch Markenkleidung, doch in angemessener Preislage. Die Qualität ist mir trotzdem noch wichtig. Was ich esse, nährt mich, ich führe es mir zu. Deshalb achte ich auf regionale und saisonale Bioprodukte. Man ist, was man isst, ganz einfach. Das ist meine Devise. Ich bin es mir selbst wert, gute Qualität zu kaufen und mir selbst Gutes zu tun. Ich behandle heute meinen Körper bewusster und gesünder als je zuvor. Wenn ich meinen Körper nicht achte und ihn wie einen Mülleimer benutze, muss ich mich nicht wundern, wenn ich krank werde.

Zurück zu unserem USA-Urlaub. Los Angeles ist auch großartig. Wir machen viel Sightseeing – Malibu, Hollywood, Hollywood Hills, wir sehen die Häuser einiger großer Stars, Beverly Hills, die Strände, Venice Beach. Am Santa Monica Pier erleben wir den schönsten und romantischsten Sonnenuntergang meines Lebens. Wir kommen sogar beim L.A. Ink

Tattoo Shop zufällig vorbei, da hätte ich zu gern ein Cover-up meiner Jugendsünden machen lassen.

Schließlich steht der Rückflug an, leider vergehen die Tage viel zu schnell. Wir fliegen spätabends zurück. Wir haben den perfekten Platz, in der oberen Etage des Fliegers, vorne ist die First Class, dann kommt die Businessclass und dann gibt es noch etwa 50 weitere Sitzplätze. Wir sitzen in der letzten Reihe vor der Businessclass und haben viel Beinfreiheit. Der perfekte Platz, wie immer, und links von mir sitzt niemand, also noch mal mehr Freiheit für mich. Hier oben ist es wesentlich ruhiger und entspannter als unten. Ich mache es mir gemütlich und starte meinen Film. Mein Mann schaut ebenfalls einen Film an, jedoch schläft er immer wieder ein. Ich verschlinge den Film förmlich. Der Höhepunkt des Filmes berührt mich extrem. Ich kuschle mich tiefer in meinen Sitz und verliere total die Kontrolle über meinen Körper, ich zittere und bebe, ich heule hemmungslos. Dieser Film berührt mich so unfassbar. Ich kann mich fast nicht mehr beruhigen. Mein Mann legt seine Hand auf mein Bein und küsst mich liebevoll, versucht mich zu trösten und mir Halt zu geben. Das tut gut. Alles um mich herum vergesse ich und lasse meinen Emotionen freien Lauf. Es löst sich in mir der letzte Rest. Ich fühle mich danach viel leichter und es hat sich etwas verändert. Dieser Film bestätigt mein Denken. Wir können niemanden ändern, dazu haben wir kein Recht. Ich muss die anderen lassen, wie sie sind. Im Film kommt eine Frau in das Leben eines jungen Mannes und verändert es, doch er will so nicht mehr leben. Ich kann diesen jungen Mann im Film gut verstehen. Natürlich habe ich ebenso mit ihr mitgefühlt und mitgelitten. Aber man hat nicht das Recht, dem anderen seine Meinung aufzuzwingen oder ihn zu überreden, ihn zu manipulieren.

Der Film berührt mich aber noch auf ganz andere Weise.

Mein Vater hatte den Entschluss gefasst, in die Schweiz zu fahren und seinem Leben ein Ende zu machen, wenn sich seine Vermutung bestätigt. Er hätte im September diese Untersuchung gehabt und vor dieser hatte er große Angst. Heute denke ich, er wusste, was auf ihn zukommt. Er hat zu meiner Mutter gesagt, er fährt mit ihr oder ohne sie. Es war ihm ernst und er war nicht bereit, darüber zu diskutieren. Sein Leben, seine Entscheidung. Ich konnte ihn damals gut verstehen. Es war sein Leben und er hatte das Recht, zu entscheiden, was für ihn richtig ist. Deshalb empfinde ich es als großen Segen, dass mein Vater in Ruhe einschlafen durfte, ohne Schmerzen und ohne diesen schrecklichen Weg gehen zu müssen. Ich sage meiner Mutter immer und immer wieder, sie solle dankbar sein für die Zeit, die sie mit ihm hatte. Sie solle dankbar sein, dass ihm so viel erspart blieb. Ebenso solle sie dankbar sein, dass ihr vieles erspart blieb. Denn der Weg in die Schweiz wäre ihr härtester und schwerster Gang geworden. Ich bin mir nicht sicher, ob sie das gepackt hätte. Dieser Weg war um einiges leichter für sie. Wie groß muss die Liebe sein, wenn man jemanden auf diese Weise loslassen kann? Unendlich groß. Ich habe es verstanden und bin dafür überglücklich. Deshalb berührt mich dieser Film so sehr. Es hat viel mit meinem Leben zu tun. Fast hätte ich das auch erlebt. Gleichzeitig hat mich dieser Film gelehrt, dass, nur weil wir lieben, wir nicht das Recht haben, den anderen von seinem Weg abzubringen. Jeder Mensch trägt allein die Verantwortung für sich. Nur ich selbst kann wirklich beurteilen, was gut für mich ist. Der andere hat das zu akzeptieren und zu unterstützen. Das Ende des Films ist großartig. Ein Happy End ohne Happy End. Sie hat ihn unterstützt und hat dank ihm die richtige Entscheidung für ihre Zukunft getroffen.

In einer Beziehung muss man sich selbst stets ein wenig zurücknehmen, um dem anderen genug Raum zu lassen. Das weiß ich heute. Das tue ich auch heute. Ich bin natürlich nicht perfekt. Manchmal sage ich auch etwas, obwohl ich genau weiß, dass ich lieber nichts sagen sollte. Ich sage es dann, aber sage direkt hinterher, ich wüsste, dass es mir nicht zusteht, das zu sagen, aber ich könne gerade nicht anders. Ich war früher ein kleiner Kontrollfreak, manchmal falle ich noch in alte Muster, ohne es zu wollen. Mein Mann und ich lachen dann und amüsieren uns über diesen Zwang, dem anderen einen gut gemeinten Rat zu geben, obwohl gar kein Rat nötig ist. Gott sei Dank habe ich an mir gearbeitet und dieser Zwang kommt nur noch selten zum Vorschein. Manchmal überwältigt mich aber noch das Gefühl, meinen Mann ein wenig belehren, besser gesagt, beraten zu müssen, doch hasse ich es selbst, wenn mich jemand belehren will. Ein Widerspruch in sich.

Heute habe ich keine Angst mehr, einen geliebten Menschen zu verlieren. Natürlich ist es schöner, alle immer um sich zu haben. Doch ist das nun einmal der normale Lauf des Lebens. Es ist ein Kommen und Gehen. Seit ein paar Jahren sage ich immer: »Was zu mir gehört, findet seinen Weg.« Und: »Was zu mir gehört, kann ich nicht verlieren.« Diesen zwei Sprüchen habe ich vertraut und vertraue ich noch immer. Sie geben mir Sicherheit. Sie machen mich ruhiger. Ich habe gelernt, das Leben anzunehmen und vor allen Dingen mich anzunehmen. Ich habe mich gefunden und bin endlich in meiner Mitte.

Nur weil ein Mensch stirbt, heißt es nicht, dass er komplett aus unserem Leben verschwindet. Er bleibt in unseren Gedanken, Herzen und Erinnerungen. Eine Liebe ist so viel größer als das Leben. Die Liebe überlebt den Tod. Dazu kommt die Dankbarkeit, diesen Menschen so lange an seiner Seite gehabt zu haben. Eine andere Inspiration für mich war das Buch »Das Café am Rande der Welt«. Ich habe das Buch in einem Tag verschlungen. Wir sind bei unseren Trauzeugen, meiner besten Freundin und ihrem Mann, zu Besuch und unterhalten uns über dies und das, berichten von unseren Plänen und der beruflichen Zukunft. Wir sind keine Karrieretypen, wir arbeiten, damit wir leben können, aber nicht andersherum. Ich war jahrelang im Hamsterrad, nach dem Motto »Schaffe, schaffe, Häusle baue«. Doch wirklich gebracht hat es mir nichts. Glücklich und zufrieden war ich nicht. Ich bin so aufgewachsen, nur wer viel arbeitet, ist viel wert. Ich mache meinen Eltern keinen Vorwurf, sie selbst sind leider auch so groß geworden. Heute denkt meine Mutter auch anders. Der Tod meines Vaters hat sie ebenfalls verändert.

Mein Mann war noch nie so, seine Arbeit macht ihm sicher Spaß, aber nicht um jeden Preis. Auch das hat mir mein Mann beigebracht, dass man nicht lebt, um zu arbeiten, das sollte nicht der Sinn des Lebens sein. Als ich ihn kennenlernte, ist mir das erst richtig bewusst geworden, dass der Beruf meistens am wichtigsten ist und im Mittelpunkt steht. Die meisten Menschen definieren sich über den Job. Meistens waren es Freunde, Bekannte und Kollegen meiner Eltern, die gleich die Frage stellten, was er beruflich machen würde. Ob er selbständig sei. Die Enttäuschung bei vielen war dann groß, dass er nur Installateur ist und dazu noch angestellt. Eine Unternehmertochter muss doch einen erfolgreichen Unternehmer an ihrer Seite haben. Alle sahen in mir die perfekte Gastgeberin und wünschten sich für mich einen Mann mit Hotel oder Restaurant. Doch ich wollte das nicht mehr, einen Beruf, über den ich mich definiere, der mich zu der macht, die ich denke zu sein. Ich rede nicht mehr gerne über meinen Beruf oder womit ich Geld verdiene, das ist für mich unwichtig. Das macht mich nicht zum Menschen, es macht mich nicht aus. Alles, was ich mir je gewünscht habe, ist ein Seelenverwandter, die große Liebe zu treffen und zu erleben. Ich bin so glücklich, dass mein Mann in mein Leben kam, er hat es um so viel bereichert.

Zurück zum Besuch bei unserem Trauzeugen. Nach dem Gespräch sagt er, unsere Einstellung klinge ganz nach diesem besagten Buch. Wir beide kennen es nicht und so kommt es, dass er uns das Buch ausleiht. Mein Interesse ist geweckt, ich lese sehr gerne und lerne natürlich auch gerne dazu. Ich lese das Buch deshalb direkt am folgenden Tag. Kurz gesagt, es handelt vom Sinn des Lebens, warum wir hier sind und was unsere Aufgabe ist, ob wir Angst vor dem Tod haben und ob wir wirklich glücklich sind. Ich liebe solche Bücher. Ich kann nur jedem empfehlen, über den Sinn seines Lebens nachzudenken und zu überlegen, was er oder sie wirklich will. Natürlich sollten wir das dann auch in die Tat umsetzen. Wenn wir lieben, was wir tun, ist es doch gar keine Arbeit, sondern ein großes Glück.

Die Antworten hatte ich für mich schon gefunden. Dafür habe ich mir die letzten eineinhalb Jahre Zeit gelassen. Heute weiß ich genau, was ich will. Bis vor einem halben Jahr wusste ich genau, was ich nicht will, aber leider nicht, was ich will. Ich meine das natürlich beruflich, privat habe ich mein Glück und meine Erfüllung gefunden.

Ich will nicht mehr in dieses Hamsterrad. Gefangen an einem Arbeitsplatz, einer Arbeit nachgehen, die ich nicht von Herzen liebe, das habe ich viel zu lange getan. Ich will ich selbst sein. Ich will mir nicht mehr einreden lassen, worin ich gut bin und was ich machen sollte. Ich will mich neu finden, neu definieren.

Ich mache wieder viel Yoga, Sport und ich meditiere. Ich mache diese Meditationen auch, um meinen Weg, meinen Platz in diesem beruflichen System zu finden. Ich bitte in diesen Meditationen um Führung, ich bitte darum, dass mir der richtige Weg gezeigt wird. Während ich in einer Meditation sitze und wieder um ein Zeichen bitte, was ich beruflich machen soll, erscheint mir mein Vater. Ich bin verdutzt und denke: Bilde ich mir das nur ein? Er ist mir noch nie erschienen, geschweige denn hat er zu mir gesprochen. Es ist ein schönes Gefühl seine Stimme zu hören, eine vertraute Stimme. Ich kann nicht mehr wörtlich wiedergeben, was er sagt. Ich bin aufgebracht, überwältigt von seiner Anwesenheit. Er teilt mir mit, ich solle schreiben und das erste Buch solle ich über ihn schreiben. Eine andere Art der Verarbeitung. Er begleitet mich noch ein paar weitere Male durch Meditationen und meint, ich solle meinem Bauchgefühl vertrauen. Es berührt mich, ihn zu hören, und es bestätigt mir wieder, dass er weiter an meinem Leben teil- nimmt. Er passt auf mich auf und er unterstützt mich. Wenn mich jetzt jemand für verrückt erklärt, kann ich damit gut leben. Jedenfalls habe ich erst meine Zweifel: Warum soll ich Bücher schreiben und wer soll die lesen wollen? Am Anfang spreche ich nur mit meinem Mann, meiner Mom und Schwiegermutter darüber. Ich bekomme von ihnen Zuspruch. Zweifel brauche ich keine, die habe ich selbst genug. Warum denken wir nur immer, dass wir nicht gut genug für etwas sind? Andere haben doch auch irgendwann mal angefangen. Keiner ist mit dem Erfolg geboren worden, oder nur sehr wenige. Jeder Autor hat einfach irgendwann angefangen zu schreiben. Ich glaube, dass mir das Schreiben ganz gut gelingt, es fällt mir leicht. Schon lange ist mir nichts mehr so leichtgefallen. Es ist ein schönes Gefühl zu schreiben. Vielleicht gibt es die Möglichkeit, mein Buch zu veröffentlichen. Vielleicht ist da jemand, der das, was ich geschrieben habe, lesen möchte. Zumindest drückt sich im Schreiben meine Seele aus. Ich denke, das ist der letzte Rest der Verarbeitung meiner Trauer. Ich denke, das ist der Abschluss, eine Tür geht zu und eine andere geht auf. Ein letztes Loslassen. Ich werde meinen Dad immer lieben und nie vergessen. Ich vermisse ihn, an manchen Tagen sehr, an anderen ist es besser zu ertragen. Die Trauer, die Schmerzen und mein schlechtes Gewissen habe ich losgelassen, schon alleine dafür ist das Schreiben gut.

# 12. Ein guter Schluss ziert alles

Etwas ist trotz allem geblieben: Ich zucke jedes Mal zusammen, wenn mein Mann früher nach Hause kommt. Ich bin dann angespannt und nervös. Erst wenn er mir bestätigt hat, dass alles okay ist, kann ich mich wieder entspannen und bin beruhigt. Ich hoffe, das legt sich irgendwann wieder.

Ich streite nach wie vor nicht gerne, das habe ich noch nie gern getan. Ich finde das unnütz und destruktiv. Ich versuche Streit zu vermeiden und im Ruhigen darüber zu reden. Reden ist wirklich das Wichtigste. Ich möchte das nie wieder erleben, was mir mit meinem Vater passiert ist. Das habe ich fürs Leben gelernt. Wenn es mal Meinungsverschiedenheiten gibt, gehe ich erst, wenn alles wieder im Reinen und geklärt ist. Mit meiner Schwester verstehe ich mich auch wieder bestens, darüber bin ich glücklich. Der Abstand hat uns beiden gutgetan. Wir akzeptieren heute die Grenzen des anderen, wir respektieren uns, wir sind sensibler im Umgang miteinander geworden. Es macht mich glücklich, sie und ihre Familie wieder an meiner Seite zu haben.

Es ist viel Zeit vergangen und ich bin meinem Sinn des Lebens heute näher als je zuvor. Heute möchte ich nur noch Dinge tun, die ich gerne mag. Es gibt so viel, was ich ausprobieren und lernen möchte. Ich will unbedingt tanzen lernen, jedes Jahr verschlinge ich Tanzshows im Fernseher und denke, das will ich unbedingt auch können. Schon immer war das ein Wunsch in meinem Leben, irgendwie dachte ich immer, dazu bin ich doch jetzt schon zu alt, aber das zu denken ist blöd, Ich möchte in meiner Arbeit Erfüllung finden. Wenn ich tue, was ich von ganzem Herzen liebe, ist es keine Arbeit mehr. Dann gehe ich darin auf. Ich möchte Bücher schreiben, ich habe so viele Ideen für weitere Bücher in meinem Kopf. Meinen persönlichen Flow habe ich beim Schreiben entdeckt. Es soll nicht im Geringsten anmaßend klingen, doch fände ich es schön, wenn Menschen durch meine Lebensgeschichte angeregt würden, über Dinge nachzudenken. Der plötzliche Verlust meines Vaters war für mich eine Riesenherausforderung, zugleich aber eine große Erfahrung. Aus meinem eigenen Erlebnis weiß ich, wie schwierig der Umgang mit dem Tod ist. Welche tiefen Abgründe sich damit auftun. Es zu schreiben, war für mich ein intimer Raum, mich diesem Ereignis zu stellen. Letztendlich war es für mich ein neuer Weg der Selbstfindung. Der Tod ist ein unsichtbarer Begleiter. Er ist immer anwesend im Leben eines jeden Menschen. Der Tod wird totgeschwiegen. Ich will dazu beitragen, Menschen Mut zu geben, dem Tod ins Gesicht zu schauen. Das Positive, was ich hieraus erfahren habe, möchte ich als reichhaltiges Geschenk der Welt zurückgeben. Oder einfach nur von meiner Geschichte gerührt wären. Dann wäre es nicht umsonst gewesen, doch umsonst war es eh nicht. Das Erlebte niederzuschreiben, war das Beste, was ich tun konnte. Mit dem Schreiben habe ich meine Trauer verarbeitet, nun fühle ich mich wieder frei und kann meinen Weg gehen. Die Angst, etwas zu verlieren, habe ich losgelassen. Angst hemmt uns in unserem täglichen Tun und Mut befreit uns. Ich möchte Mut machen, sich auf ungewohntes Terrain zu begeben. Sich zu trauen, neue Wege zu gehen. Wir sollten alles ausprobieren und offen sein. Ich habe dieses Buch geschrieben und werde es verlegen. Ich bin offen für Neues und bin bereit, etwas zu wagen. Ich bin mutig, denn zu verlieren habe ich nichts. Es gibt kein Richtig oder Falsch. Ich vertraue auf meine Impulse. Auch der Mensch verfügt über Instinkte, nur hat er verlernt, darauf zu achten. Wie gesagt, was zu mir gehört, findet seinen Weg, davon bin ich überzeugt. Wenn ich auf mein Herz höre und mir meinen Herzenswunsch erfülle, werde ich Erfolg haben, davon bin ich ebenso überzeugt. Weil ich es dann mit meiner ganzen Leidenschaft, Hingabe und Liebe tue.

Vielleicht ergibt sich auch noch eine andere Möglichkeit. Schon vor Jahren habe ich viele Komplimente für meine Stimme bekommen und viele sagten, ich solle mit meiner Stimme Geld verdienen. Ich würde gerne mit meiner Stimme als Synchronsprecherin arbeiten. Wer weiß, was sich ergibt, ich bin für alles offen.

Ich habe ebenso gemerkt, dass ich wieder etwas Abstand zu meiner Mutter brauche. Mir ist es nun ein wenig zu eng geworden. Ich bin doch schon sehr in die Rolle meines Vaters geschlüpft, sprichwörtlich natürlich, bin ich doch zu einer fast ständigen Begleitung für sie geworden. Ich rede offen mit meiner Mom und erkläre es ihr. Sie versteht mich und ist einverstanden damit. Sie kommt klar, sie hat ihr Leben gut im Griff, sie hat sich etwas Neues aufgebaut. Ich habe versucht, meinen Dad zu ersetzen, soweit es geht, doch fair ist es nicht. Sie muss ihr eigenes Leben leben und lernen, auch mal alleine zu sein. Wir müssen uns wieder mehr voneinander lösen, sonst ist der Schmerz zu groß, wenn mein Mann und ich in die USA gehen. Natürlich bin ich trotzdem noch für sie da, aber eben lockerer. Nach allem habe ich gelernt, dass ich mir nur selbst helfen kann, nur ich kann mich aus einer Krise holen. Schließlich muss meine Mutter einen Weg für sich selbst finden, mit dem Tod klarzukommen. Ich bin mir sicher, dass sie das schafft, bis hierhin hat sie es auch geschafft.

Am Anfang ist es schon komisch, nicht jeden Tag zu telefonieren, doch gewöhne ich mich daran recht schnell. Mittlerweile ist es für uns beide gut, wie es ist. Sonst ändert sich ja nichts. Sie ist wirklich stark und macht das gut. Ich bin, wie gesagt, sehr stolz auf sie und sie ist stolz auf mich, das weiß ich. Heute unterstützt sie mich in allem, was ich tue. Sie ist zwar nach wie vor nicht mit allem einverstanden, doch lässt sie mich meinen Weg gehen und versucht mich nicht mehr zu beeinflussen. Heute akzeptiert sie mich, wie ich bin, und lässt mich so sein, wie ich bin. Das macht mich glücklich und zufrieden.

Ich liebe es, für Freunde und Familie zu kochen. Mein Mann und ich laden gerne ein und bekochen alle. Es macht mir viel Freude zu kochen, ich genieße es sehr. Aber ich möchte es nicht mehr als Beruf ausüben. Vielleicht mache ich irgendwann mal ein paar Events im Jahr. Ich lasse alles auf mich zukommen und bin offen für alles Neue.

Ein weiterer Herzenswunsch ist Amerika. Mein Mann ist auf die Idee gekommen, nach Florida auszuwandern, und ich habe mit Begeisterung Ja gesagt. Wir erfüllen uns den Traum vom Leben in der Wärme. Wir lieben dieses Land und möchten unbedingt dort leben und dort unser eigenes Business aufbauen. Wir haben die perfekte Geschäftsidee und gerade in den USA werden wir damit einen riesigen Erfolg haben. Meinem Mann ist diese Geschäftsidee ganz unerwartet eingefallen und ich war auch gleich Feuer und Flamme dafür. Es ist eine großartige Idee und ich freue mich, diese schon bald in die Realität umzusetzen. Wir sind keine Tagträumer. Wir leben unseren Traum und träumen nicht unser Leben. Wir sind gut vorbereitet und wissen genau, was wir tun. Wir erfüllen uns unseren Herzenswunsch. Nur das zählt wirklich im Leben, dass wir auf unser Herz hören.

Beim Schreiben dieses Buches ist mir vieles noch deutlicher geworden. Ich bin so dankbar für mein Leben und ich gebe das Beste, es zu etwas ganz Besonderem zu machen. Ich habe deutlich gemerkt, was für ein großes Glück ich habe, zu leben und dass ich heute so gesund und glücklich bin. In meinem Mann habe ich tatsächlich meinen Seelenverwandten gefunden. Natürlich hat auch er ein, zwei Macken, die mich schon mal nerven, doch heute konzentriere ich mich auf die positiven Dinge und Eigenschaften meines Partners. Ich habe mir immer so einen Partner gewünscht, aber dass es so schön wird, hätte ich nicht zu träumen gewagt. Ich danke ihm und liebe ihn über alles. Er ist das Beste in meinem Leben und er hat mich dazu inspiriert, ein besserer Mensch zu werden. Er ist wirklich ein ganz besonderer Mann.

Oft behandeln wir außenstehende Menschen besser als nahestehende. Das ist eigentlich nicht fair. Wir respektieren und achten fremde Menschen mehr. Oft sind es doch die nächsten Familienangehörigen und Freunde, die wir so manches Mal als Puffer benutzen. Wenn der Druck und Stress zu groß werden, lassen wir bei denen unseren Dampf ab. Wir drücken ganz bewusst ihre Knöpfe und es kommt zum Streit und die Situation eskaliert. Wir versuchen nach außen die perfekte Familie und die heile Welt darzustellen, damit setzen wir uns noch mehr unter Druck. Doch gibt es diese perfekte Welt nicht. Das habe ich schon sehr früh erlebt. Es gab in meinem Leben wirklich ein, zwei Familien von denen ich als Außenstehende gedacht habe, dass sie perfekt sind. Doch wurde ich eines Besseren belehrt und was damals in den Familien passierte, schockte mich zutiefst. Es war keinerlei heile Welt mehr und nach außen war dieser Anschein auch zerbrochen, aber es wurde alles unter den Tisch gekehrt und totgeschwiegen. Die Fassade wurde versucht aufrecht zu halten.

Ich breche mit diesem Buch das ein oder andere Tabuthema, doch tue ich das ganz bewusst. Ich spreche ganz offen und ehrlich über die Dinge in meinem Leben. Ich berichte über die Erfahrung mit dem Tod. Ebenso spreche ich ganz offen über die Probleme und Streitigkeiten in meiner Familie. Viele können das bestimmt nicht verstehen, doch für mich ist es wichtig. Ich will zeigen, dass das, was ich erlebt habe, das ganz normale Leben ist.

Keine Familie ist perfekt, doch warum ist uns das so wichtig, das nach außen zu transportieren, die völlige Harmonie und die perfekte Familie sein zu wollen. Ist es wirklich wichtig, was andere über uns denken, nein, für mich jedenfalls nicht. Perfektion anzustreben kann keine Erfüllung sein, das ist für mich eher etwas Krankhaftes. Ich glaube, die Medien sind auch daran beteiligt, dass wir denken perfekt sein zu müssen. Gaukelt uns doch die Werbung vor, wir brauchen das perfekte Auto, das perfekte Haus, die perfekte Arbeitsstelle, die perfekte Familie usw., um wirklich glücklich und zufrieden zu sein.

Insgeheim wollen wir doch gar nicht, dass irgendeine Familie perfekt ist. Damit können wir uns gar nicht identifizieren, weil wir selbst nicht perfekt sind.

Heute bin ich zufrieden mit meiner Familie. Ich schätze sie und nehme jeden, wie er ist. Ich versuche jeden mit Respekt zu behandeln. Ich liebe meine Familie, wie sie ist.

**Und zum Schluss ein letzter Brief an meinen Vater:**

*Ich danke Dir, Dad, für diesen Weg, den ich ohne Dich vielleicht nicht gegangen wäre. Ich bin sehr stolz, Deine Tochter zu sein und große Ähnlichkeit mit Dir zu haben. Es gab leider ein paar Schwierigkeiten zwischen uns, aber vieles war gut. Ich weiß, dass Du stets Dein Bestes gegeben hast. Ich danke Dir, dass Du ein guter Begleiter warst. Ich habe meinen inneren Frieden gefunden und ich wünsche Dir von ganzem Herzen, dass Du auch Deinen verdienten Frieden gefunden hast. Ich denke immer an Dich. Ich werde Dich immer lieben. In meinem Herzen bist Du für immer.*
*In Liebe, Deine Carmen*